古龍自署

國際學術研討會

古龍武俠小說 領先時代半世紀

【記者賴素鈴／報導】江湖代有才人出，這廂古龍凋零二十載，那廂今朝懸賞百萬獎新秀，浪淘不盡，唯有武俠熱愛，不隨時間變易，在學術研討會上更見分明。以「一代鬼才：古龍與武俠小說」爲主題，淡江大學第九屆文學與美學國際學術研討會昨起在國家圖書館，展開爲期兩天的議程，紀念武俠小說家古龍逝世二十周年，新生代學者與古龍故舊齊聚一堂，以文論劍話武俠。

日前與淡大中文系教授林保淳共同發表《台灣武俠小說發展史》，武俠小說評論家葉洪生昨天在專題演講中，直批胡適1959年底發表「武俠小說下流論」是「胡說」，學界泰斗的不當發言以及隨即展開的「暴雨專案」，反而促成1960年起台灣武俠新秀的繁興，「武俠小說迷人的地方，恰恰在門道之上。」，葉洪生認定，武俠小說審美四原則在文筆、意構、雜學、原創性，他強調：「武俠小說，是一種『上流美』。」

集多年心血完成《台灣武俠小說發展史》，葉洪生認爲他已爲從十歲起迷上武俠小說的半世紀畫上完美句點，並且宣布他「以後決心退出武俠論壇，封劍退隱江湖」。

雖然葉洪生回顧武俠小說名家此起彼落，套太史公名言「固一世之雄也，而今安在哉？」，認爲這是值得深思的嚴肅課題，昨天意外現身研討會而備受矚目的溫世禮，則爲了紀念同是武俠迷的哥哥溫世仁，推出第一屆「溫世仁武俠小說百萬大賞」，即日起至今年10月3日截止收件，經兩階段評選後於明年12月7日公布首獎得主，預料將會是一場武林新秀的龍虎爭霸戰。

看明日誰領風騷？風雲時代出版社發行人陳曉林眼中的古龍，其實領先他的時代半世紀，以致如今雖然古龍逝世20年，陳曉林認爲大家對古龍的了解仍然有限，預言未來世代更能和古龍的後設風格共鳴。

昨天這場研討會，也凸顯武俠小說作爲一項文學研究門類，仍有待開發學習空間。多位與會者都指出，武俠小說的發表、出版方式和管道具考證難度，學術理論與論文格式的建立待加強。而武俠名家的版權之爭、市場競爭力，也增加出版推廣困難，古龍武俠小說的版權糾紛、司馬翎作品的版權官司也成爲研討會的場外話題。

與

武俠小說

第九屆文學與美
一代鬼
古

古龍兄為人慷慨豪邁、跌蕩自如，變化多端，文如其人，且復多奇氣，惜英年早逝，余與古兄當年交好，且喜讀其書，今既不見其人，又無新作可讀，深自嘆惜。

金庸

一九九六．十．十一．香港

圓月彎刀

（上）

古龍精品集62

圓月彎刀（上）

目錄

【導讀推薦】

神秘而美麗的變奏：《圓月彎刀》是又一次尋求突破

著名文化評論家 陳曉林

如所周知，古龍在創作生涯進入成熟期之後，不斷在開發新題材、探索新境界，銳意從事求新求變的努力。《圓月彎刀》是古龍在武俠文學創作上又一次別開生面的嘗試。

在這部作品中，古龍開發的新題材，是有關中國民間傳說和古典文學中一個神秘而活躍的異類世界；而他所成就的新境界，則是將武俠小說帶進了神秘和美麗的靈異領域，卻又能放能收，能入能出，以充分自圓其說的敘事藝術，再將此靈異領域回歸到人世滄桑與江湖歲月中。

古龍喜歡以鮮明而具詩意的形象，來爲武俠故事賦予審美的趣味，甚至連所取的書名都往往要凸顯美感與詩意，例如《流星・蝴蝶・劍》，《天涯・明月・刀》，不但深具美感與詩意，甚至兩者間還形成漂亮的對仗。可是，既然《天涯・明月・刀》已將月與刀作出意象上的聯結，而抒寫了一個全然推陳出新、極富人文意義的武俠故事，且幾已公認具有經典地位；然則，古龍何以又將「圓月」與「彎刀」作出意義上的聯結，而另行投入於一個迴然不同的新嘗試？

神秘而美麗的魅力

當然，古龍是永遠不會重覆自己的。他這次以月與刀的意象，作爲這個新嘗試的引子，用意之一，應是在測試自己能否將這樣的意象運用到神秘、詭異的氛圍中，而仍能彰顯其美感與詩意？所以，古龍在本書起筆時就強調：這個故事充滿了神秘而美麗的吸引力，充滿了神秘而美麗的幻想。

在月圓的晚上，一柄青青的彎刀，上面刻著一行很細很小的字「小樓一夜聽春雨」，如果一對含情脈脈的戀人，在圓月下共同欣賞這行纏綿的詩句，這是何等蕩氣迴腸的美麗記憶？但物換星移，若干年後，這柄詩意盎然的彎刀卻被江湖人物渲染爲匪夷所思的魔刀，持刀人也被逕指爲妖魅一般的異類；那麼，除了美麗而神秘之外，故事情節中分明又充斥著詭異而邪祟的意味。這個詭異而邪祟的異類世界，就是「狐族」棲居的所在。

此次，古龍莫非爲了擺脫武俠寫作的既有窠臼，執意要探索美麗而神秘、詭異而邪祟的異類世界，要寫出狐族與世人之間的恩怨，以及狐族內部的鬥爭？無疑的，古龍既以歷歷如繪的精緻筆法，抒寫如夢似幻的狐族傳奇，當然確有尋求意境上、技法上再一次突破的雄心；不過，他顯然認爲將狐族傳奇收編到武俠作品的範疇內，以武俠邏輯對民間傳說及古典文學中的「狐仙」逸事作出合理化、除魅化的詮釋，並以此來豐富武俠小說的情節主體，增添武俠小說的變化模式，其實更爲有趣。

而古龍也以他曲折動人的敘事技巧，充分印證了這一點。因此，《圓月彎刀》在創作上的突破，並不是顛覆了武俠故事，而是證明武俠故事可以涵納各類神話與傳奇，以增添它的廣度、深度，以及吸引力。

人心可怖，江湖險惡

超現實的武俠故事，乃至悠邈的神話與傳奇，為什麼永遠對勞苦而善良的芸芸眾生，具有某種「與我心有戚戚焉」的吸引力？不容諱言，是因為勞苦而善良的人們，在梟叫狼嗥的現實社會，經常會遭到無端的欺凌而只得忍氣吞聲；正如本書中那位心志純良而涉世未深的少年丁鵬，在機謀重重的江湖道上，只因身懷武技，遭致覬覦，三兩下就被出身名門正派的當代「大俠」柳若松設局惡整得身敗名裂，走投無路，受到各派各家圍攻，終於不得不咬牙奮身，自行迎向死亡。

就在這哀苦無告的絕望時刻，美麗的「狐仙」出現了，丁鵬的命運自此發生逆轉。他從美麗的女狐「青青」及她的家族手中，得到了威力可堪泣鬼驚神的神奇彎刀「小樓一夜聽春雨」，也得到了足以發揮無上威力的刀訣。當然，無論是出於感激，抑或情投意合，他與「青青」成為一對情侶，自是順理成章的情節發展。

同樣順理成章的情節，是丁鵬對柳若松一步步展開的針對性復仇，藉由神通廣大的青青從旁協助，丁鵬以牙還牙，也設局將柳若松逼到走投無路的地步，並在各大門派的名家耆宿面前將柳某的惡行劣跡如實揭露，一舉剝下了後者盜名欺世的假面具。就武俠的傳統模式而言，這樣暢酣淋漓的報復乃是事理之所必然；但古龍的高明處，卻是讓情節在此高潮時刻急轉直下，推出了一波又一波出人意料的詭變，使得整個故事呈現了與前截然不同的色調與旨趣。

魔教、狐族、劍神家族

先是臉面喪盡的柳若松竟然當眾下跪，聲稱願痛改前非，拜丁鵬爲師，而自信滿滿的丁鵬竟坦然接受。然後，令江湖上正邪各派聞之喪膽的魔教護法錢燕夫婦突然現身，有意無意地抖露了圓月彎刀的秘密及「小樓一夜聽春雨」的隱私。接著，關於當代劍神「三少爺」謝曉峰之女謝小玉究竟是「誤殺」了鐵燕夫婦的獨子，抑或是故意設局狙殺，形成撲朔迷離的爭議，並將丁鵬捲入必須出面與謝曉峰一決勝負的處境。至此，《圓月彎刀》故事進入到魔教、狐族、劍神一派互爭霸權的新階段，一幕幕堪稱驚心動魄的情節，猶如天風海雨，迫人而來。

不過，古龍雖然早已構思了整個故事的結構與重大轉折的關鍵，卻因後來恰值他的作品改編爲影視後大紅大紫之際，影劇界人士紛紛上門洽談，他終日忙於應付編劇事宜，加以其時尚有另兩個長篇連載在進行中，所以，他在《圓月彎刀》約寫到五分之二時，委託當時另一武俠名家司馬紫煙接續完成，並將整體構想及所餘情節詳細向司馬紫煙作出說明。當時筆者因主編副刊而邀古龍撰寫長篇連載之故，與他幾乎每天見面，有緣在旁親自聽到他所作的說明。後來閱覽司馬紫煙所代撰的後續故事，發現大體上確與古龍交代的主要情節若合符節。其實，司馬紫煙本身亦爲台灣武俠文壇的重鎮之一，著作等身，自成風格，國學素養甚佳，思維恢詭譎怪；《圓月彎刀》集古龍與司馬之力接續而成，若從古今通俗文學較慣見的成書模式的角度而言，或亦未必不可視爲武俠寫作界的一項美談。

魔刀與神劍，對決與昇華

古龍在其《三少爺的劍》中，創造了翠雲山、綠水湖中的神劍山莊，以及令神劍山莊綻放出萬丈光芒的一代武學奇才謝曉峰；既然古龍在構思《圓月彎刀》之時有意讓謝曉峰的神劍與丁鵬的魔刀作一較量，司馬紫煙在續寫時便將丁鵬挑戰神劍山莊當作本書下半部的重頭戲，分別從正面、側面、反面入手，濃墨重彩地加以鋪陳和呈現。

事實上，古龍寫謝曉峰之女謝小玉與魔教的衝突時，暗暗已落下了謝小玉企圖爭霸江湖的伏筆；於是，司馬順此伏線大力發揮，將神劍山莊與魔教的鬥爭刻畫得波譎雲詭，一方面局中有局，另方面卻步步生變。然後，再將丁鵬與謝曉峰的會晤與較量，抒寫得天馬行空，不落言詮，讓一路不斷烘托和累積的緊張氣氛，到最後關頭卻在一種「技已晉乎藝」的精神交融中自然昇華；持平而論，這不失爲「古龍風格」的擬彷表現。至此，由狐族苦心栽培的丁鵬已晉升爲絕頂高手，而謝曉峰則淡出爲傳奇人物了。

而隨著丁鵬的崛起，所謂「狐族」之謎也逐漸撥雲見日。青青的爺爺和奶奶，刻意隱匿自己的行藏，卻以「狐族」的形象惑人耳目，原來自有苦衷：爺爺其實本是天縱奇才的魔教教主仇小樓，雖早有髮妻，仍與天生媚骨的江湖奇女「弱柳夫人」孫春雨陷入熱戀，從而產生了「小樓一夜聽春雨」的美麗傳說。然而孫春雨後來移情別戀所生的女兒「天美宮主」卻勾引魔教三大護法，趁仇小樓與謝曉峰比劍受傷，發動叛變，奪取魔教大權，並追殺仇小樓及其髮妻。功力大減的仇小樓偶然發現孫女青青救回的丁鵬潛力絕佳，乃授以刀訣，並贈予上刻「小樓一夜聽春雨」的彎刀，寄望丁鵬一旦成爲絕頂高手，可代爲掃蕩魔教叛徒。

小樓一夜聽春雨

野心勃勃的柳若松利用魔教內鬨的機會竄起，在天美宮主與仇小樓夫婦火併的局勢下，與同樣野心勃勃的謝小玉結合，布建神秘而詭異的殺手組織，突襲暗算了仇小樓，也消滅了天美宮主的勢力。「小樓一夜聽春雨」的美麗傳說，至此變調爲流血殺戮的宿命仇怨。

然而，「狐族」雖然瀕近絕滅，圓月彎刀的傳人畢竟已經成長爲一代高手。久歷人世滄桑的丁鵬洞察了柳若松與謝小玉的種種圖謀與布局，覺得一切恩恩怨怨終須作一了斷，遂偕同痛失祖父母的青青重訪神劍山莊，與柳、謝展開最後的決戰……

如同古龍在《圓月彎刀》起筆時所言：這原本是一個美麗而神秘的故事。然而，隨著故事的展開與情節的轉折，它又呈示著詭異而邪祟的色調，並由此而呈示了古龍成熟期作品的複雜性與多樣性。而雖然是與司馬紫煙接力完成，古龍所經營的美感和詩意畢竟主導著整個敘事模式，「小樓一夜聽春雨」作爲時隱時現的主題曲貫穿全局，便是鮮明的例證。

圓月

月有圓有缺，我們現在要說的是圓月，因爲這個故事是發生在一個月圓的晚上。

這天晚上的月比平時更美，美得神秘，美得淒涼，美得令人心碎。

我們要說的這故事也一樣，充滿了神秘而美麗的吸引力，充滿了美麗而神秘的幻想。在一個古老而神秘的傳說中，據說每當月亮升起時，會有一些精靈隨著月光出現，花木的精靈，玉石的精靈，甚至連地下幽魂和鬼狐，都會出來，向圓月膜拜，吸收圓月的精華。

有時候他們甚至會化身爲人，以各種不同的面目出現在人間，做出一些人們意想不到的事。

這些事有時令人驚奇，有時令人感動，有時令人恐慌，有時令人歡喜，也有時令人難以想像。他們能夠把一個人從萬丈深淵中救出來，也能把一個人從山峰上推下去。

他們能夠讓你得到世上所有的榮耀和財富，也能讓你失去一切。

雖然從來沒有人看見過他們的真面目，可是也沒有人能否定他們的存在。

彎刀

刀有直有彎，我們現在要說的是一柄彎刀，彎得就像是青青的眉。

彎刀本來是屬於青青的，青青是一個美麗而神秘的女孩子，就像是那一天的圓月。

刀是殺人的利器。

青青的彎刀也一樣，只要那一道彎彎的刀光閃過時，災禍就會降臨了。

無論誰都不能避免的災禍，因為從來也沒有人能避開這一道彎彎的刀光。

刀光並不快，卻像你看見月光一樣，當你看見時，已經落在你身上。

天上只有一輪明月，地上也只有這一柄彎刀。

它出現在人間時，帶來的並不一定是災禍，有時也會為人們帶來正義和幸運。

這一次它出現在人間，將要為人們帶來的是什麼？沒有人知道。

青青的彎刀是青青的，青如遠山，青如春樹，青如情人們眼中的湖水。

青青的彎刀上，有一行很細很小的字：「小樓一夜聽春雨。」

月有陰晴圓缺，人有悲歡離合。
此事古難全。
但願人長久，千里共嬋娟。

一 出類拔萃

凌晨，有霧，濃霧。

丁鵬推開他那間斗室的窗子，乳白色的濃霧就像柳絮般飄了進來，拂在他臉上。

他的臉很清秀，身體也很健康，說起話來顯得活力充沛，生氣蓬勃，笑起來的時候，常常會露出幼稚天真的孩子氣，就像是一個你從小看著他長大的大男孩。

但是丁鵬已經不是孩子了。

這三個月裡，他已連續擊敗了三位在江湖中極負盛名的劍客。

陽光和水份使花草樹木生長茁壯，勝利和成功也同樣可以使一個男孩成熟長大。

現在他不但已經是真正的男人，而且沉著穩定，對自己充滿信心。

他是三月生的，今年已整整二十，就在他過生日的那一天，他以一招「天外流星」擊敗了保定府的名劍客史定。

史定是北派青萍劍的高手，他以這次勝利作為自己對自己生日的賀禮。

在四月，他又以同樣一招「天外流星」擊敗了「追風劍」葛奇，葛奇是華山劍派的大弟子，劍法迅疾奇特，出手更辛辣，是個很驕傲的人。

但是那一戰，他卻敗得心服口服，居然當眾承認：「就算我再練十年，也絕擋不住他那一劍。」

五月裡，鐵劍門的掌門人，「嵩陽劍客」郭正平也敗在他那一著「天外流星」下。

郭正平對他這一劍和他這個人的評語是：「如羚羊掛角，無跡可尋，一年之內，這年輕人必將名滿江湖，出人頭地。」

鐵劍門在江湖中雖然並不是個顯赫的門派，但歷史悠久，作風正派，郭正平以一派掌門的身分，說出來的話，份量自然不同。

直到現在，丁鵬想起那句話，還是會覺得說不出的興奮激動。

「名滿江湖，出人頭地！」

他苦練十三年，每天練七個時辰，練得掌心和腳底都被磨穿。

尤其是在那些嚴冬酷寒的晚上，為了使自己精神振奮，他常常拿著一團冰雪，只要一發現自己有偷懶的意思，就把這團冰雪塞進自己褲子裡，那種滋味絕不是別人能想像得到的。

他這樣摧殘自己，只因為他決心要出人頭地，為他那終生一事無成的父親爭口氣。

他父親是個無名的鏢師，在無意間得到一頁殘缺的劍譜。

是一頁，也是一冊。

那頁劍譜上，就是這一招「天外流星」。

——從天外飛來的流星，忽然逸去，那一瞬間的光芒和速度，沒有一個人能夠阻擋。

但是那時他父親已經老了，智力已衰退，反應已遲鈍，已無法再練這種劍法，就把這一頁劍譜，傳給了自己的兒子。

他臨死的時候，留下來的遺言就是：「你一定要練成這一劍，一定替我爭口氣，讓別人知道我丁某人也有個出人頭地的兒子。」

只要一想起這些事，丁鵬就會覺得熱血沸騰，眼淚都忍不住要流出來。

現在他絕不再流眼淚，眼淚是那些弱者流的，男子漢要流就流血吧！

他深深的吸了口清晨的空氣，從他枕下拔出了他的劍。

今天他又要用這種劍法去為自己爭取另一次勝利。

今天他若能勝，才是真正的成功。

史定、葛奇、郭正平，雖然也都是江湖中的名俠，可是，和今天這一戰相比，那三次勝利就不算什麼了。

因為他今天的對手是柳若松。

名滿天下的「歲寒三友」中的「青松劍客」的柳若松。

「萬松山莊」的主人柳若松。

武當山中立真觀，天一真人門下，唯一的俗家弟子柳若松！

多年前他就已經聽過這名字，那時候對他來說，這名字就像是泰山北斗一樣，高高在上，不可撼動。

可是現在已不同了，現在他已有把握能擊敗這個人。

他以最正當的方式向這位前輩名家求教劍法，使柳若松不能拒絕。

因爲他一定要擊敗這個人，才能更進一步，進入江湖中真正的名家高手之林。

決戰的時間和地點，都是柳若松決定的。

「六月十五，午時。萬松山莊。」

今天就是六月十五。

今天這一戰，就要決定他一生的命運。

昨天晚上他自己親手洗好、扯平、用竹竿架起，晾在窗口的衣服已經快乾了。

雖然還沒有完全乾透，穿到身上之後，很快就會乾的。

這是他唯一的一套衣服，是他那年老多病的母親，在他臨行時密密爲他縫成的，現在已經被他洗得發白，有些地方已經磨破了，但是只要洗得乾乾淨淨的，還是一樣可以穿出去見人。

貧窮並不可恥，可恥的是懶，是髒。

他穿起衣服，又從枕下取出個同樣用藍布縫成的錢袋。

裡面只剩下一小塊碎銀子。

這已是他全部財產，付過這小客棧的帳後，剩下的恐怕只有幾十文錢。

通常他都睡在不必付房租的地方，祠堂裡的神案下，樹林裡的草地上，都是他的床。

爲了今天這一戰，他才忍痛住進這家小客棧的，因爲他一定要有充足的睡眠，才能有充足的精神和體力，才能贏得這一戰。

付過這客棧的帳，他居然又狠下心，把剩下的錢去買半斤多滷牛肉，十塊豆腐乾，一大包花生米和五個大饅頭。

對他來說，這不僅是種極奢侈的享受，簡直是種不可饒恕的浪費，平常他只吃三個硬餅，就可以過一天。

可是今天他決定原諒自己這一次，今天他需要體力，吃得好才有體力。

何況，過了今天，情況可能就完全不同了。

名聲不但能帶給人榮耀和自尊，能帶來很多在平日夢想不到的事，財富和地位，也全都會跟著來了。

他很瞭解這一點，所以他一直咬著牙，忍受貧窮和飢餓。

他絕不讓自己被任何一件不光榮的事玷污，他決心要經正途出人頭地。

現在距離正午還有兩個多時辰，他決心要找個好地方去享受這些食物。

他在萬松山莊附近的山麓間，找到了一個有泉水，有草地，有紅花，有園景的地方，四面花樹圍繞，天空一望澄藍。

這時候濃霧已消散，太陽剛升起，碧綠的葉子上，露珠晶瑩，亮得像珍珠。

他在柔軟的草地上坐下來，撕下塊牛肉，牛肉的味道比他想像中還好。

他覺得愉快極了。

就在這時候，一個女孩子就像是條獵人追逐的羚羊般，走入了他這個秘密的小天地。

這個女孩竟是完全赤裸的。

這個女孩子柔媚而年輕。

丁鵬已覺得自己的呼吸彷彿已停止，心卻跳得比平常快了三倍。

他從未接近過女人。

在他家鄉，並不是沒有年輕的女孩子，他也並不是沒有看過。

他總是拚命克制自己，什麼法子他都用過，把冰雪塞進自己的褲襠，把頭浸在溪水裡，用針刺自己的腿，跑步，爬山，翻跟斗……

在沒有成名之前，他絕不讓這些事使自己分心，絕不讓任何事損耗自己的體力。

可是現在他忽然看見了一個赤裸的女人，一個年輕美麗的赤裸女人。

那雪白的皮膚，堅挺的乳房，修長結實圓滑的腿……

他用出所有的力量，才能讓自己扭過頭去，這個女人卻跑了過來，拉住了他，喘息著道：「救救我，你一定要救救我。」

她靠得他那麼近，她的呼吸溫暖而芬芳，他甚至可以聽到她的心跳。

他的嘴發乾，連一句話都說不出來。

這女孩子已經發現了他身體的變化，她自己的臉也紅了，用一雙手掩住了自己，「你……你……你能不能把衣服脫下來借給我？」

這件衣服，是他唯一的一件衣服，但是他毫不考慮就脫了下來。

這女孩子披上他的衣服後，才比較鎮定了一點，鄭重的說道：「謝謝！」

丁鵬也總算比較鎮定一點，總算能說出話了：「是不是有人在追你？」

這女孩子點點頭，眼睛裡已有了淚水。

丁鵬道：「這地方很偏僻，別人很難找得到，就算有人追來，你也不必怕。」

他是男子漢，天生就有種保護女人的本能，何況這女孩子又這樣美。

他握住了她的手：「有我這個人和這把刀在，你就不必怕。」

這女孩子又比較放心了，又輕輕的說了句：「謝謝。」

她好像已經說過這兩個字。說完了，就低下頭，閉上嘴。

丁鵬更不知道應該說什麼。

他本來應該問：「你爲什麼要逃，是誰在追你？爲什麼追你？」

可是他忘了問，她也沒有說。

她身上雖然披了件衣服，可是一件短短的衣服，是絕對沒法子把一個成熟的女孩子全都掩蓋住的。

一個像她這樣的女孩子，身上能令人動心的地方實在太多。

他的心還在跳，還是跳得很快。

過了很久之後，他才發現她的眼睛一直盯著他的那包牛肉。

這一餐很可能就是他最後的一餐了，他身上已只剩下了一個銅錢。

但他毫不考慮的說了：「這些東西全是乾淨的，你吃一點。」

這女孩子又道：「謝謝！」

丁鵬道：「不客氣。」

這女孩子就真的不客氣了。

丁鵬從來沒有想到，一個這樣美的女孩子，吃起東西來就像是一匹狼。

她一定已餓了很久，吃了很多苦。

他甚至已經可以想到她悲慘的遭遇。

——一個孤單的女孩子，被一群惡人剝光了衣服，關在一個地窖裡，連飯都不給她吃，她想盡一切方法，才乘機逃了出來。

就在他爲她的遭遇設想時，她已經把他的全部財產吃光了。

不但牛肉、豆腐乾全吃完了，連饅頭都吃完了，只剩下十來顆花生米。

她自己好像也覺得有點不好意思，悄悄的把這點花生米遞過去，悄悄的說：「這些給你吃。」

丁鵬笑了。

他本來非但笑不出來，簡直連哭都哭不出的，卻又偏偏忍不住笑了出來。

這女孩子也笑了，臉紅得不得了，紅得就像是陽光下的花朵。

笑，不但能使自己快樂，別人愉快，也能使人與人之間的距離縮短。

他們顯然都變得比較自然了些，這女孩子終於說出了自己的遭遇。

丁鵬剛才自己的幻想，和她所說的，差的並不太多。

這女孩子的確是被一群惡人綁架了，剝光衣服關在一間地窖裡，已經有好幾天沒有吃過一粒米，那些惡人已經知道她餓得不能動了，對她的防備才放鬆了些，她就乘機逃了出來。

她對他當然有說不出的感激：「能夠遇見你，算是我的運氣。」

丁鵬的手一直摸著劍柄：「那些人在哪裡，我跟你去找他們！」

這女孩道：「你不能去！」

丁鵬道：「為什麼？」

這女孩遲疑著道：「有些事，現在我還不能說出來，可是以後我一定會告訴你。」

這其中彷彿還有隱情，她既無法說，他也不方便問。

這女孩子又道：「現在我去找到一個人，就可以安心了。」

丁鵬道：「你要找什麼人？」

這女孩道：「是我的一位長輩，已經有七十歲了，卻還是穿大紅的衣服，你要是遇見他，就一定能認得出來。」

她抬起頭，美麗的眼睛充滿了懇求之意，輕輕的問道：「你能不能替我去找他？」

丁鵬當然不能去，實在不能去，絕不能去。

現在距離決定他一生命運的那一戰，已經不到一個時辰了。

他還餓著肚子，還沒有練過劍。

他一定要好好的培養情緒，保留體力，去對付柳若松，怎能爲一個陌生的女孩子，去找一個從未見面的老頭子？

可是他偏偏沒法子把「不成」這兩個字說出口來。

要在一個美麗的女孩子面前說「不」實在是件不容易的事。

那不但要有很大的勇氣，還得要有很厚的臉皮。

一個男人一定要經過很多次痛苦的經驗後，才能學會這個「不」字。

丁鵬在心裡嘆了口氣，道：「不知道這位老先生在什麼地方？」

這女孩子眼裡立刻發出了光，道：「你肯幫我去找他？」

丁鵬只有點頭。這女孩子跳了起來，抱住了他：「你真是個好人，我永遠忘不了你的！」

丁鵬相信，自己這一生中，想要忘記這個女孩子恐怕也很難了。

「你沿著溪水往上走，走到水源盡頭，就看得見一棵形狀很奇特的古樹，天氣好的時候，他定會在那裡下棋。」

今天的天氣就很好。

「你看見他之後，一定要先把他正在下的那盤棋搞亂，他才會聽你說話，才會跟你來！」

棋迷都是這樣子的，就算天塌下來，也要下完一局棋再說。

「我在這裡等候，不管你找不找得到他，都一定要快點回來。」

溪水清澈。

丁鵬沿著溪水往前走，走得很快。

他當然要快點回來，他還有很多事要做。

太陽已經漸漸升高了，他忽然覺得很餓，餓得要命。

今天很可能就是他這一生中最重要的一天，決定他一生命運的時刻已在眼前。

他卻像個呆子一樣，餓著肚子，替一個沒穿衣服的女孩子，去找一個穿紅衣服的老頭子。

這種事如果是別人說出來的，他一定不會相信。

唯一真實的，是那女孩子的確很美；不但美，而且還有種很特別的氣質，讓人不能拒絕她的要求，也不忍拒絕。

能夠在這女孩子面前說出不字的男人，一定不會太多。

幸好這條溪水並不長。

溪水的盡頭，當然有棵古樹，當然有兩個人在下棋，其中當然有個穿紅衣服的老人；丁鵬總算鬆了口氣，大步走過去，伸手就想去拂亂他們下的那局棋。

他實在很聽話。

想不到他的手伸出去了，腳下忽然踩了個空，地下竟有個洞，他一腳就跌了進去。

幸好洞並不太大，他總算沒有掉下去。

不幸的是，他剛把這隻腳從洞裡抽出來，另外一隻腳又被套住了，地上竟有個繩圈，他剛好一腳踩了進去，繩圈立刻收緊。

他另外一隻腳還是懸空的，這隻腳一被套住，整個人的重心就拿不穩了。

更不幸的是這個繩圈是綁在一根樹枝上的，樹枝本來彎在地上，繩圈一動，樹枝就彈了起來，他的人也被彈了起來。

最不幸的是，他的人一被彈起，剛好正撞到另一根樹枝，被撞到的地方，剛好是他腰的附近的一個軟穴，只要被輕輕撞一下，就連一點力氣都使不出了。

於是他就糊裡糊塗的被吊起來，頭上腳下，像條魚似的被懸空吊了起來。

地上這個洞，這個繩圈，這根樹枝，難道都是故意安排的？

那女孩子叫他到這裡來，難道是故意要他來上這個當的？

他們無冤無仇，她爲什麼要害他？

樹下那兩個人，只是在專心下棋，連看都沒看他一眼呢，就像根本不知道有這麼一個人來了，而且已經被吊了起來。

這兩人真是棋迷。

棋迷下棋的時候，總是不願別人打擾的。

他們佈下這圈套，也許不過是預防別人來打擾，並不是為了對付他。

那女孩子當然不知道有這麼一個圈套。

想到這一點，丁鵬心裡總算比較舒服了些，沉住氣道：「兩位老先生，請勞駕把我放下來。」

下棋的人根本沒聽見，丁鵬說了兩三遍，他們好像連一個字都沒有聽見，丁鵬沉不住氣，大叫道：「喂……」

他只叫出了這一個字，這個字是開口音。

他的嘴剛張開，就有一樣東西飛了過來，塞住了他的嘴。

一樣又臭又軟又黏又腥的東西，也不知是爛泥？還是什麼比爛泥更可怕的東西？

這樣東西是從對面一株樹枝上飛過來的，一個穿了件紅衣服的小猴子，正騎在樹枝上，裂開了嘴，看著他嘻嘻的笑。

紅猴子手裡擲出來的，還會有什麼好東西，如果是爛泥，已經算運氣不錯了。

丁鵬幾乎氣得暈了過去。

在經過那段多年艱苦的時間，眼看已到達成功邊緣的時候，他竟遇見了這種事！

二 棋高一籌

一個洞，一條繩子，一根樹枝，就把一個苦練了十三年武功的人吊了起來。

丁鵬真恨自己，爲什麼這樣不小心，這樣不爭氣，這樣沒用。

其實這個洞，這根繩子，這根樹枝的方位、距離和力量，都像是經過精密的計算，不但要一個超級的頭腦，還得加上多年的經驗，才能計算得這樣精確。

那紅袍老人的頭顯得就比別人大得多，滿頭白髮如銀，臉色卻紅潤如嬰兒，身材也長得像個胖孩子。

另外一個老人卻又輕又瘦，臉上陰沉沉的，黑布長袍，看來就像是個風乾了的無花果。

兩個人全神貫注，每下一個子都考慮很久。

日色漸漸升高，又漸漸西落，正午早已過去，如果沒有這件事，丁鵬現在應該已擊敗了柳若松，已名動江湖。

可惜現在他卻還是被吊在樹上。

他們的棋要下到什麼時候爲止，難道他們正準備想法對付他？

那陰沉的黑袍老人，下棋也同樣陰沉，手裡拈著一顆子，又考慮了很久，輕輕的，慢慢的，落在棋盤上。

紅袍老人瞪大了眼睛，看了看這一著棋，汗珠子一粒粒從頭上冒了出來。

無論誰看見他的表情，就知道這局棋他已經輸定了。

這局棋他下大意了些，這局棋他分了心，這局棋他故意讓了一著。

輸棋的人，總是會找出很多理由爲自己解釋的，絕不肯認輸。

他當然還要再下一盤。

可惜那黑袍老人已經站了起來，頭也不回的走了。

紅袍老人跳起來大叫，大叫著追了過去。

「你不能走，我們一定還得下一盤。」

兩個人一個在前走，一個在後面追，好像並沒有施展什麼輕功身法，走得也並不太快，可是眨眼間兩個人卻已連影子都看不見了。

對面樹上那個穿紅衣裳的小猴子，居然也已蹤影不見。

天色漸黑，他們居然就好像一去不返，好像根本不知道還有個人吊在這裡。

荒山寂寂，夜色漸臨，當然絕不會有別的人到這裡來。

一個人吊在這種地方，吊上七八天，也未必會有人來把他救出來。

就連活活的被吊死，也不稀罕。

丁鵬真的急了。

不但急，而且又冷，又餓，而且腦袋發慌，四肢發麻。

他忽然發現自己簡直是條豬，天下最笨的一條豬，天下最倒楣的一條豬。

連他自己都不知道自己怎麼倒楣的。

到現在爲止，他連那女孩的貴姓大名都不知道，卻把自己唯一的一件衣服給了她，全部財產也都被她吃下肚子，而且還爲了她，被人像死魚般吊在這裡，還不知道要吊到什麼時候爲止。

他簡直恨不得狠狠的打自己七八十個耳光，再大哭一場。

想不到就在這時候，繩子居然斷了，他從半空中跌下來，跌得不輕，可是剛才被撞得閉住了的穴道也已解開了。

這些事難道也是別人計算好的？

他們只不過想要他吃點苦頭而已，並不想真的把他活活吊死。

但是他們往日無冤，近日無仇，爲什麼要這樣修理他？

他沒有想，也想不通。

現在第一件要做的事，就是把嘴裡的爛泥掏出來。

第二件要做的事，就是趕快回到剛才那地方去，找那女孩子問清楚。

可惜那女孩子已經走了，把他唯一的那件衣服也穿走了。

從分手後，他很可能再也見不到她，當然也不會再見到那位穿紅袍的老頭子。

這件事究竟是怎麼回事？

很可能他這一輩子都沒法弄清楚。

現在他唯一能做的一件事，就是赤著上身，空著肚子，帶著一嘴臭氣和一肚子怨氣，趕到萬松山莊去陪罪。

現在去雖然已有些遲，但是遲到總比不到好。

如果別人問他爲什麼遲到，他還得編個故事去解釋。

因爲他若說真話，別人是絕對不會相信的。

萬松山莊的氣派遠比他想像中還要大，連開門的門房都穿著很體面的緞子花袍。

知道他就是「丁鵬少俠」之後，這門房就對他很客氣，非常客氣，眼睛絕不向他沒有穿衣服的身子看一眼，更不去看他臉上的泥。

大人物的門房，通常都是很有禮貌，很懂得規矩的人。

但是這種規矩，這種禮貌，卻實在讓人受不了。

他被帶進廳裡，門房彬彬有禮的說：「丁少爺來得實在太早了，今天還是十五，還沒有到十六，我們莊主和莊上請來的那些朋友，本來應該在這裡等丁少爺來的，就算等上個三天五天，實在也算不了什麼。」

丁鵬的臉有點紅了，吃嗦的說道：「我本來早就……」

他已經編好一個故事，這位很有禮貌的門房，並不想聽，很快的接著道：「只可惜我們莊主今天恰巧有點事，一定要趕到城裡去。」

他在笑，笑得非常有禮貌：「我們莊主再三吩咐我，一定要請丁少爺恕罪，因爲他只等了三個時辰，就有事出去了。」

丁鵬怔住。

他不能怪柳若松，無論等什麼人，等了三個多時辰，都已經不能算少。

「可是我怎麼辦？」

現在他身上已經只剩下一個銅錢，身上連一件衣服都沒得穿，肚子又餓得要命。

他能到哪裡去？

門房難得對他已是非常客氣，卻絕對沒有請他進去坐坐的意思。

丁鵬終於忍不住道：「我能夠在這裡等他回來嗎？」

門房笑道：「丁少爺如果要肯在這裡等，當然也可以！」

丁鵬鬆了口氣，然而這門房又已接著道：「但是我們都不敢讓丁少爺留下來。」

他還在笑：「因爲莊主這一出去，至少要在外面耽上二三十天，我們怎敢讓丁少爺在這裡等上二三十天！」

丁鵬的心又沉了下去。

門房又道：「但是莊主也關照過，下個月十五之前一定會回來，那時候他就沒事了，就是等個三五天也沒關係。」

丁鵬忍住氣，道：「好，我下個月十五再來，正午之前一定來。」

門房笑道：「我說過，莊主那天沒事，丁少爺晚點來也沒關係。」

他笑得還是很客氣，說得更客氣。

丁鵬卻已轉過身，頭也不回的衝了出去。

他再不想看這個又客氣，又懂規矩的人那張笑臉。

他實在受不了。

他發誓，有朝一日成名得志，他一定要再回來，讓這門房也看看他的笑臉。

那是以後的事了，現在他實在笑不出，他還不知道這一個月應該怎麼過。

不管怎麼樣，他還有一個銅錢。

一個銅錢還可去買個硬餅，多喝點冷水，還可以塞飽肚子。

可是等他想到把最後一文錢拿出來時，才發現連這文錢都不見了。

是不是剛才他被吊起來的時候，從袋子裡漏下去的？不對。他忽然想起，他並沒有把那文錢放進錢袋裡，買了牛肉後，他就把剩下的這文錢，擺在他衣袋上的一個小口袋。

現在衣服已經被那女孩子穿走了，他最後一文錢，當然也被帶走了。

他卻連她的名字都不知道。

丁鵬忽然笑了，大笑，幾乎連眼淚都笑了出來。

夜！夏夜。

月夜。明月高懸，繁星滿天，月光下的泉水，就像是一條錦緞的帶子，晚風中充滿了花香。

木葉的清香，混合著一陣陣從遠山傳來的芬芳。

月夜本來就是美麗的，最美的當然還是那一輪明月。

圓月。

丁鵬卻希望這個圓圓的月亮是個圓圓的燒餅。

他並不是完全不懂風雅，可是一個人肚子太餓的時候，就會忘記風雅這兩個字了。

這裡就是他上次遇到那個女孩子的地方，他回到這裡來，只因爲他實在沒有別的地方可去。

憑他的本事，要去偷，去搶，都一定很容易得手。

但是他絕不能做這種事，他絕不能讓自己留下一個永遠洗不掉的污點。

他一定要從正途中出人頭地。

那文錢會不會從衣服裡掉了出來？如果掉在這裡，說不定還能找得到。

他沒有找到那文錢，卻找到了粒花生米。

他小心翼翼的撿起來，把一粒花生米分成兩半，正準備一半一半的慢慢嚼碎。

想不到就在這時候，忽然有個女孩子就像是被獵人追逐著的羚羊般竄了過來，把他手裡這最後一粒花生米也撞掉了。

但是這次丁鵬並沒有覺得自己倒楣，反而高興得跳了起來：「是你！」

這個害人不淺的女孩子居然又來了。

丁鵬實在想不到還能看見她，在月光下看來，她好像比早上更美。

雖然他們只不過是第二次相見，但是丁鵬看見她，卻好像看到一個很親近的朋友。

這女孩子也顯得很愉快，用力拉住了丁鵬的手，就好像生怕他會忽然溜走。

「我本來以爲永遠見不到你了。」

這句話正是兩個人心裡都想說的，兩個人同時說了出來。

兩個人都笑了。

丁鵬也用力握住她的手，好像也生怕她會忽然溜走。

她卻望著他，道：「剛才我一直在提醒自己，這次如果能見到你，一定要記住一件事。」

丁鵬道：「什麼事？」

她嫣然道：「記住問你的名字。」

丁鵬又笑了，他剛才也一直在提醒自己，這次一定要問她的名字。

她的名字叫可笑。

「你是說可笑？」

「嗯！」

「可以的可，笑話的笑？」

「嗯！」

丁鵬忍住笑，道：「這個名字真奇怪。」

可笑道：「不但奇怪，而且可笑，再加上我的姓更可笑。」

丁鵬道：「你姓什麼？」

可笑道：「姓李。」

她嘆了口氣：「一個人的名字居然叫李可笑，你說可笑不可笑？」

丁鵬居然還能忍住沒有笑。

可笑道：「我真想不通，我爸爸怎麼會替我取這麼樣一個名字的。」

丁鵬道：「其實這名字也沒什麼不好。」

可笑道：「但是從小就有人問我：『李可笑，你有什麼可笑？』我一聽見別人問我這句話，我的頭就大了，哪裡還笑得出。」

丁鵬終於忍不住大笑。

可笑自己也笑了。

這一天所有倒楣的事，一笑就全都忘得乾乾淨淨了。

只可惜另外還有些事是忘不了的，就算忘記了一下子，也很快就會想起來。

譬如說：餓！

笑是塡不飽肚子的，也解決不了他們的問題。

可笑一定還有問題。

她身上還是穿著丁鵬的那件衣服，那件並不能把她身材完全蓋住的衣服。

月光照在她衣服蓋不住的那些地方，使得她看來更動人。

丁鵬自己的問題更多。

但是也不知道爲了什麼，現在他最關心的並不是自己，而是她。

可笑道：「我知道你一定想問我，爲什麼要你去找那個穿紅衣裳的老頭子？爲什麼沒有在這裡等你？這半天到什麼地方去了？」

丁鵬承認。

可笑道：「但是你最好不要問。」

丁鵬道：「爲什麼？」

可笑道：「因爲你就算問我，我也不會說的。」

她又拉起了他的手：「有些事你還是不要知道的好，一個人知道的事越多，煩惱也就越多，我不想給你再添煩惱。」

她的手柔軟而光滑，她的眼波溫柔而誠懇。

丁鵬雖從未接近過女人，卻也看得出她對他是真心的。

對丁鵬來說，這已足夠。

他也握住了她的手，道：「我聽你的話，你不說，我就不問。」

可笑嫣然一笑，道：「但是我還是要你去替我做一件事。」

丁鵬道：「什麼事？」

可笑道：「沿著這條溪水往下走，有個屋頂上鋪著綠瓦的小樓。」

丁鵬道：「你要我到那裡去？」

可笑道：「我要你現在就去。」

丁鵬道：「然後呢？」

可笑道：「你到了那裡之後，就會有人帶你去見那裡的主人，他說的話你一定要聽，他要你做的事你一定要做。」

她注視著他：「你一定要信任我，我絕不會害你的。」

丁鵬道：「我相信。」

可笑道：「你去不去？」

不去，當然不去，絕不能去。

上次他爲她去做那件事，已經吃足了苦，受夠了罪。

這次的事說來更荒謬，他怎麼能去。

可惜他偏偏又去了。

上次是「沿著溪水往上走」，這次是「往下走」，上次是個「穿紅衫的老頭子」，這次是個「鋪綠瓦的小樓」。

上次他被人像死魚般吊起來，吃了一嘴臭泥，這次他會碰到什麼事？

這次他會不會比上次更倒楣？

他已經看見那小樓了。

月光下的小樓，看來寧靜而和平，誰也看不出那裡面會有什麼樣的陷阱？

小樓裡沒有陷阱，只有柔和的燈光，華麗的陳設，精美的傢具。

如果你一定要說這地方有陷阱，那陷阱也一定是個溫柔陷阱。

一個人能夠死在溫柔的陷阱裡，至少總比被人吊死在樹上好。

開門的是個梳著條烏油油大辮子的小姑娘，很會笑，笑起來兩個酒渦好深。

三更半夜，忽然有個沒穿衣服的陌生大男人來敲門，丁鵬以爲她一定會害怕，吃驚的。

想不到她連一點驚惶的樣子都沒有，只是吃吃的笑，好像早就知道會有這麼樣一個沒穿衣服的大男人要來了：「你找誰？」

「我找這裡的主人。」

「我帶你去。」她不但答應的痛快，而且拉起丁鵬的手就走，好像跟丁鵬已經是老朋友。

主人在樓上。

樓上的屋子更華麗，錦閣中垂著珠簾，主人就在珠簾後。

這並不是她要故作神秘，三更半夜，一個女人家對一個陌生的大男人總要提防著一點的，也許她已經更了衣，準備睡了，當然更不願讓一個陌生的大男人看見。

丁鵬雖然不太懂世故，對這一點倒很瞭解。

他當然已經知道她是個女人，因爲她說話的聲音雖然有點嘶啞，卻還是很嬌媚動聽：「是誰要你來找我的？」

「是一位李姑娘。」

「她是你的什麼人？」

「是我的朋友。」

「她跟你說了些什麼？」

「她說你要我做的事，我就得去做。」

「你聽她的話？」

「我相信她絕不會害我。」

「不管我要你做什麼，你都肯做？」

「你是她的朋友，我也信任你。」

「你知不知道我要對你怎麼樣？」

「不知道。」

主人的聲音忽然變了，變得很兇狠：「我要把你按進一盆很燙很燙的熱水裡，用一把大刷子把你身上的泥全都刷下來，用一套你從來沒有穿過的那種衣服套在你身上，用一雙新鞋子套住你的腳，再把你按在椅子上。用一鍋已經燉了好幾個時辰的牛腰肉把你的肚子塞滿，讓你走都走不動。」

丁鵬笑了。

他已經聽出了她的聲音。

一個人吃吃的笑著，從珠簾後走出來，竟是可笑。

丁鵬故意嘆了口氣，道：「我對你不錯，你爲什麼要這樣子害我？」

可笑也故意板著臉，道：「誰叫你這麼聽話的，我不害你害誰？」

丁鵬道：「其實這些事我都不怕。」

可笑道：「你怕什麼？」

丁鵬道：「我最怕喝酒，如果你再用幾斤陳年的紹興酒來灌我，就真的害苦我了。」

陳年好酒，紅燒牛肉。

如果真有人要用這些東西來害人，一定有很多人願意被害的。

現在丁鵬已經洗了個熱水澡，全身上下，從裡到外，從頭到腳，都已換上了新衣服。

只有一根褲帶沒有換。

一根用藍布縫成的褲帶，一寸寬，四尺長。

對一個已經餓得發暈的人來說，這種酒實在太陳了一點，牛肉也未免太多了一點。

他真的已經連路都走不動了。

可笑嫣然道：「現在，你總該知道，你實在不該對我太好的，因爲，對我越好的人，我反而越想要害他。」

丁鵬嘆了口氣道：「其實我也不能算對你很好，我只不過給了你一件破衣服，請你吃了一點冷牛肉，冷饅頭而已。」

可笑道：「你給我的並不是一件破衣服，而是你所有的衣服，你請我吃的也不是一點牛肉，而是你所有的糧食。」

她注視著他，眼睛裡充滿了柔情和感激，道：「如果有個人把他所有的一切全都給了你，你會怎麼樣對他？」

丁鵬沒有說話。

他忽然覺得人生還是可愛的，人間還是充滿了溫情。

可笑道：「如果有個人把他所有的一切都給了我，我只有一個法子對他。」

丁鵬道：「什麼法子？」

可笑低下頭，輕輕的說：「我也會把我所有的一切都給他。」

她真的把她所有的一切都給了他。

黎明。

丁鵬醒來時，她還在他身旁，像鴿子般伏在他的胸膛上。

看著她烏黑的頭髮和雪白的頸子，他心裡只覺得有種從來未有的幸福和滿足。

因爲這個美麗的女人已完全屬於他了。

他不僅滿足，而且驕傲，因爲現在他已是個真正的男人。

不知道什麼時候她也已醒來，正在用一雙柔情似水的大眼睛，癡癡的看著他。

他輕輕撫著她的柔髮，喃喃道：「你知不知道我在想什麼？」

可笑道：「你在想什麼？」

丁鵬道：「我在想，如果我是個又有錢，又有名的人，我一定會帶你去遊遍天下，讓天下所有的人都羨慕我們，妒忌我們，那時你一定也會爲我而覺得驕傲的。」

他嘆了口氣，道：「可惜現在我只不過是個什麼都沒有的窮小子。」

可笑嫣然道：「我喜歡的就是你這個窮小子。」

丁鵬沉默著，忽然大聲道：「我忘了，我還有樣東西可以給你。」

他忽然跳起來，從床下一堆凌亂的衣服裡，找出了他那條褲帶：「我要把這條褲帶給你。」他說。

可笑沒有笑。

因爲他的神色很凝重，也很嚴肅，絕不像是開玩笑的樣子。

可笑柔聲道：「只要是你給我的，我一定會好好的保存。」

丁鵬道：「我不要你好好保存它，我要你把它剪開來。」

可笑也很聽話。

她剪開這條褲帶，才發現裡面縫著一張殘破而陳舊的紙。

紙色已經變黃了，前半頁上面畫著簡單的圖形，後半頁上面密密麻麻的寫滿了字。

她只看了兩行：「此招乃余平生之秘，破劍如破竹，青城、華山、嵩陽、崆峒、武當、黃山、點蒼等派之劍法，遇之必敗。」

只看了這兩行，她就沒有看下去，帶著笑問道：「這一招真的有這麼厲害?」

丁鵬道：「本來我也沒把握的，還不敢找真正的高手來試，可是現在我已知道，青城、華山和嵩陽的劍法遇著這一招，簡直就好像豆腐遇見了快刀一樣，完全沒有抵抗之力。」

他很激動而興奮：「等我擊敗了柳若松，我就會去找比他更有名的人，總有一天，我會要江湖中所有成名的劍客都敗在我的劍下，那時候我就會變得和『神劍山莊』謝家的三少爺一樣有名。」

可笑又看了兩眼，就把這張紙退還給了他，道：「這是你最珍貴的東西，我不能要。」

丁鵬道：「我就是要把我最珍貴的東西送給你，你為什麼不要？」

可笑柔聲道：「我是個女人，我並不想跟江湖中那些成名的劍客去爭強鬥勝，只要你有這個心，我已經很高興了。」

她緊緊的擁抱住他，在他身邊輕輕的說：「我只想要你這個人。」

圓月缺了，缺月又將圓。

日子一天天過去，丁鵬幾乎已忘了他和柳若松的約會。

可笑卻沒有忘：「我記得你七月十五還有個約會。」

丁鵬道：「到了那一天，我會去的。」

可笑道：「今天已經是初八了，這幾天你應該去練練劍，最好能一個人到別的地方去練，我知道你一看見我，就會……就會想的。」

丁鵬笑了：「我現在就在想。」

可笑沒有笑，也沒有再說什麼，但是第二天丁鵬醒來時，她已帶著她那笑起來有兩個酒渦的丫頭離開了這小樓，只留下一封信。

她要丁鵬在這幾天好好的練劍，好好的保養體力，等到七月十五日的約會過去，他們再相聚。

這使得丁鵬更感激。

他心裡雖然免不了有點離愁別緒，可是想到他們很快就會相聚，他也就提起精神來，練劍，練力，練氣。

爲了她，這一戰他更不能敗。

他發現自己的體力比以前更好，一個男人有了女人之後，才能算真正的男人，就正如大地經過了雨水的滋潤後，才會變得更豐富充實。

到了七月十五這一天，他的精神、體力都已到達巔峰。

對這一戰，他已有必勝的信心，必勝的把握。

七月十五。

晨。

天氣晴朗，陽光燦爛。丁鵬的心情也和今天的天氣一樣，連他自己都覺得自己精神飽滿，活力充沛，就算天塌下來也能撐得住。

萬松山莊那有禮貌，懂得規矩的門房，看見他時，也吃了一驚。

能夠做大戶人家的門房並不是件容易事，那不但要有一雙可以一眼就看出別人是窮是富的眼睛，還得有一張天生像棺材板一樣的臉。

可是現在他臉上不但有了表情，而且表情還豐富得很。

他實在想不到這衣著光鮮，容光煥發的年輕人，就是上個月那一臉倒楣的窮小子。

看見他的表情，丁鵬更愉快，那天受的氣，現在總算出了一點。

等到他擊敗柳若松之後，這位仁兄臉上的表情一定更令人愉快。

丁鵬心裡唯一覺得有點抱歉的是，他和柳若松無冤無仇，本不該讓他多年的聲名毀於一旦。

他聽說柳若松在江湖中不但很有俠名，人緣也很好，而且還是位君子。

柳若松修長，瘦削，英俊，儀容整潔，衣著考究，彬彬有禮，是個非常有教養，非常有風度的中年男人。

對大多數女孩子來說，這種男人遠比年輕小伙子更有魅力。

他絕口不提上個月的事，也沒有說丁鵬今天來得太早了。

這一點已經讓丁鵬不能不承認他是個君子。

他的態度很穩，行動輕捷，手指長而有力，而且反應很靈敏。

這又使得丁鵬不能不承認他是個勁敵，在江湖中並沒有浪得虛名。

用細砂鋪成的練武場早已準備好了，兩旁的武器架上擺滿了各式各樣精光耀眼的兵刃，樹蔭下還擺著六七張紫檀木椅子。

柳若松解釋：「有幾位朋友久慕丁少俠的劍法，想來觀摩觀摩，我就自作主張，請他們來了，只希望丁少俠不要怪罪。」

丁鵬當然不會怪罪。

一個人成名露臉的時候，總希望有人來看的，來的人越多，他越高興。

他只想知道：「來的是些什麼人？」

柳若松道：「一位是武林中的前輩，點蒼山的鍾老先生。」

丁鵬道：「風雲劍客鍾展！」

柳若松微笑道：「想不到丁少俠也知道這位老先生。」

丁鵬當然知道，鍾展的正直，和他的劍法同樣受人尊敬。

能夠有他這樣的人來作這一戰的證人，實在是丁鵬的運氣。

柳若松道：「梅花老人和墨竹子也會來，江湖中把我們平列為歲寒三友，其實我是絕不敢當的。」

他笑了笑，露出了一種連君子都難免會有的得意之色：「還有一位謝先生，在江湖中的名氣並不大，因為他很少在外面走動。」

他又笑了笑：「神劍山莊中的人，一向都很少在江湖中走動的。」

丁鵬動容道：「神劍山莊?這位謝先生是神劍山莊中的人？」

柳若松淡淡道：「是的。」

丁鵬的心開始在跳。對於一個學劍的年輕人來說，「神劍山莊」這四個字本身就有種令人心跳的震撼力。

神劍山莊，翠雲峰，綠水湖，謝氏家族。謝家的三少爺，謝曉峰。劍中的神劍，人中的劍神。今天來的這位謝先生會不會是他?

第一位到的是點蒼鍾展。風雲劍客成名極早，柳若松也稱他為老先生，但是他看來並不老，腰桿仍然筆直，頭髮仍然漆黑，一雙眼睛仍然炯炯有光。

他對這位曾經擊敗過青城、華山、嵩陽三大高手的少年劍客，並不十分客氣，後來丁鵬才知道他無論對誰都不大客氣。正直的人好像總是這種脾氣，總認為別人應該因為他的正直而對他特別尊敬。這是不是因為江湖中正直的人太少了？但是他並沒有坐到上位去，上座當然要留給神劍山莊的謝先生。

謝先生還沒有到，「歲寒三友」中的梅花與墨竹已到了。

看見這兩個人，丁鵬就怔住。

這兩個人一個紅衫銀髮，臉色紅潤如嬰兒，一個臉色陰沉，輕瘦如竹，顯然竟是那天在泉水盡頭，古樹下著棋的那兩個人。他們卻好像從來沒有見過丁鵬這個人。

丁鵬很想問問梅花老人：「你為什麼不把那隻跟你一樣喜歡穿紅衣裳的小猴子帶來？」

梅花老人卻好像根本不知道這回事，居然還對丁鵬很客氣。

丁鵬也很想忘記這件事，可惜有一點他是絕對忘不了的。

——可笑為什麼要他去找他們？她跟這兩人之間有什麼關係？

他在後悔，為什麼沒有把這件事問清楚，為什麼要答應可笑：「你不說，我就不問。」

現在他當然更沒法子再問，因為神劍山莊的謝先生已經來了。

這位謝先生圓圓的臉，胖胖的身材，滿面笑容，十分和氣，看來就像是個和氣生財的生意人。

這位謝先生顯然不是名震天下的當代第一劍，謝家的三少爺謝曉峰。

別人卻還是對他很尊敬，甚至連點蒼的鍾展都堅持要他上坐。

他堅持不肯，一直說自己只不過是神劍山莊中的一個管事的而已，在這些成名的英雄面前，能夠敬陪末座，已經覺得很榮幸。神劍山莊隨便出來一個人，在江湖中已有這樣的身分，這樣的氣勢。

丁鵬的心又跳了，血又熱了。

他發誓，總有一天，他也要到神劍山莊去，以掌中的三尺青鋒，去拜訪拜訪那位天下無雙的名俠，討教討教他那天下無雙的劍法，縱然敗在他的劍下，也可算不虛此生。

但是這一戰卻絕不能敗。

他慢慢的站起來，凝視著柳若松，道：「晚輩丁鵬，求前輩賜招，但望前輩劍下留情。」

鍾展居然道：「你還年輕，有件事你一定要永遠記住。」

丁鵬道：「是。」

鍾展沉著臉，冷冷道：「劍本是無情之物，只要劍一出鞘，就留不得情的。」

兩個紫衣垂髫的童子，捧著個裝潢華麗的劍匣肅立在柳若松身後。

柳若松啓匣，取劍，拔劍，「嗆啷」一響，長劍出鞘，聲如龍吟。

謝先生微笑道：「好劍。」

這的確是柄好劍，劍光流動間，森寒的劍氣，逼人眉睫。

柳若松一劍在手，態度還是那麼優雅安閒。

丁鵬的手緊握劍柄，指節已因用力而發白，掌心已有了汗。

他的劍只不過是柄很普通的青鋼劍，絕對比不上柳若松手裡的利器。

他也沒有柳若松那種鎮定優雅的風采。

所以他雖然相信自己那一招天外流星，必定可破柳若松的武當嫡系劍法，卻還是覺得很緊張。

柳若松看著他，微笑道：「舍下還有口劍，雖然不是什麼神兵利器，也還過得去，丁少俠如果不嫌棄我就叫人去拿來。」

他自恃前輩名家的身分，絕不肯在任何地方佔一點便宜。

丁鵬卻不肯接受他的好意，淡淡道：「晚輩就用這柄劍，這是先父的遺物，晚輩不敢輕棄。」

柳若松道：「丁少俠的劍法，也是家傳的？」

丁鵬道：「是。」

鍾展忽又問道：「你是太湖丁家的子弟？」

丁鵬道：「晚輩是冀北人。」

鍾展道：「那就怪了。」

他冷冷的接著道：「江湖傳言，都說這位丁少俠不但劍法奇高，最有成就的那一劍，更如天外飛來，神奇妙絕，我學劍五十年，竟不知道冀北還有個丁家，竟有如此精妙的家傳劍法。」

謝先生點頭道：「其實這也沒有什麼奇怪的，江湖之中，本就有很多不求聞達的異人，鍾老先生雖然博聞廣見，也未必能全部知道。」

鍾展閉上了嘴。柳若松也不再說什麼，迴劍，平胸，道：「請！」

三 天外流星

七月十五，正午，烈日。

用細砂鋪成的地面，在烈日下閃閃發光，劍的光芒更耀眼。

丁鵬的劍已擊出。

他的劍法除了那一著天外流星之外，確實都是家傳的，最多只能得一個「平」字，平凡，平實，實在是很平常的劍法。

武當的劍法，卻是領袖武林的內家正宗，輕、靈、玄、妙，在柳若松手裡使出來，更是流動莫測。

他只用了挑、削、刺三字訣，可是劍走輕靈，身隨劍起，已經將丁鵬逼得透不過氣來。

大家對這位剛剛在江湖中崛起的少年劍客都有點失望了。

丁鵬自己卻對自己更有信心。

他至少已看出了柳若松劍法中的三處破綻，只要他使出那一招天外流星來，要破柳若松的劍法，真如快刀破竹。

他本來還想再讓柳若松幾招，他不想要這位前輩劍客太難堪。

但是「劍一出鞘，是留不得情的」！

這句話他已記住了。

他那平凡的劍法忽然變了，一柄平凡的青鋼劍，忽然化作了一道光華奪目的流星。

從天外飛來的流星，不可捉摸，不可抵禦。

——無情的劍，劍下無情。

他心裡忽然又覺得有點歉意，因爲他知道柳若松必將傷在他這一劍之下！

可是他錯了。

「噹！」的一聲，星光四濺。柳若松居然接住了這一招他本來絕對接不住的天外流星。

武當內家真氣，非同小可，他是天一真人唯一的俗家弟子，內力之深厚，當然不是丁鵬能比得上的。

雙劍交擊，丁鵬幾乎被震倒。他沒有倒下去。

雖然他的劍已經被震出了缺口，虎口也已被震裂，可是他沒有倒下去。因爲他決心不讓自己倒下去。

決心雖然是看不見的，卻是決定勝負的重要關鍵，有時甚至比內力更重要。

他沒有敗，還要再戰，剛才一定有什麼疏忽，那一劍本是必勝的一劍。

柳若松卻已收住了劍式，用一種很奇怪的眼色看著他。

鍾展忽然道：「他還沒有敗。」

他確實是個正直的人，就因爲這句話，丁鵬對他的厭惡，已全都變爲了感激。

柳若松終於點了點頭，道：「我知道，他還沒有敗。」

他還是用那種奇怪的眼色在看著丁鵬，一個字一個字的問道：「剛才你使出的那一劍，就是你擊敗嵩陽郭正平的劍法？」

丁鵬道：「是的。」

柳若松道：「你擊敗史定和葛奇兩位時用的也是這一劍？」

丁鵬道：「是的。」

柳若松道：「這真是你家傳的劍法？」

丁鵬道：「是的。」

柳若松認真想著，又問道：「令尊是哪一位？」

丁鵬道：「家父八年前就已去世了。」

他並沒有說出他父親的名字，柳若松也沒有再追問。

他的神色更奇怪，忽然轉身去問那位謝先生，道：「剛才丁少俠使出的那一劍，謝先生想必已看得很清楚！」

謝先生微笑道：「這種高絕精妙的劍法，我實在不太懂，幸好總算還是看清楚了。」

柳若松道：「謝先生覺得那一劍如何？」

謝先生道：「那一劍凌厲奇詭，幾乎已經有昔年那位絕代奇俠燕十三『奪命十三式』的威力，走的路子也彷彿相同，只可惜功力稍嫌不足而已。」

他笑了笑，又道：「這只不過是我隨口亂說的，劍法我根本不太懂。」

他當然不是隨口亂說的，神劍山莊門下，怎麼會有不懂劍法的人？

三十年前，燕十三縱橫天下，身經大小百餘戰，戰無不勝，是天下公認唯一可以和謝家三少爺一決勝負的人。

他和謝曉峰後來是否曾經交手？究竟是誰勝誰負？至今還是個謎。

現在這位孤獨的劍客雖然已經仙去，但是他的聲名和他的劍法，卻已不朽。

謝先生將丁鵬那一劍和他的奪命十三式相提並論，實在是丁鵬的榮寵。

柳若松微笑道：「謝先生這麼說，在下實在是受寵若驚。」

丁鵬怔住。每個人都怔住。

受寵若驚的應該是丁鵬，怎麼會是他。

鍾展冷冷道：「謝先生誇讚丁鵬的劍法，跟你有什麼關係？」

柳若松道：「有一點關係。」

鍾展在冷笑。

柳若松不讓他開口，又道：「江湖中人人都知道，前輩見聞之廣，已與昔年作『兵器譜』的百曉生不相上下。」

鍾展道：「我雖然沒有百曉生的淵博，天下各門各派的劍法，我倒全都見識過。」

柳若松道：「前輩有沒有看過那一劍？」

鍾展道：「沒有。」

柳若松道：「謝先生呢？」

謝先生道：「我一向孤陋寡聞，沒有見識過的劍法，也不知有多少。」

柳若松淡淡的笑了笑，道：「兩位都沒有看過這一劍，只因爲這一劍是在下創出來的。」

這句話實在很驚人。

最吃驚的當然是丁鵬，他幾乎忍不住要跳起來：「你說什麼？」

柳若松道：「我說的話丁少俠應該已經聽得很清楚。」

丁鵬的熱血已衝上頭頂，道：「你……你有證據？」

柳若松慢慢的轉過身，吩咐童子：「你去請夫人把我的劍譜拿出來。」

對一個學劍的男人來說，世上只有兩樣是絕對不能和別人共享，也絕對不容別人侵犯的。

那就是他的劍譜和他的妻子。

柳若松是個男人，柳若松也學劍，他對他的劍譜和他的妻子當然也同樣珍惜。

但是現在他卻要他的妻子把他的劍譜拿出來，可見他對這件事處理的方法已經極慎重。

沒有人再說什麼，也沒有人還能說什麼。

柳若松做事一向讓人無話可說。

劍譜很快就拿出來了，是柳夫人親自拿出來的。

劍譜藏在一個密封的匣子裡，上面還貼著封條，柳夫人面上也蒙著輕紗。

一層薄薄的輕紗，雖然掩住了她的面目，卻掩不住她絕代的風華。

柳夫人本來就是江湖中有名的美人，而且出身世家，不但有美名，也有賢名。

有陌生人在，她當然不能以真面目見人。

她當然已經知道這件事，所以她將劍譜交給了鍾展和謝先生。

謝先生的身分，鍾展的正直，絕不容人懷疑，也沒有人會懷疑。

柳夫人低頭，看來也同樣讓人無話可說。

密封的匣子已開啓。

劍譜是用淡色的素絹訂成的，很薄，非常薄。

因爲這不是武當的劍法，這是柳若松自創的「青松劍譜」。

武當的劍法博大精深，柳若松獨創的劍法只有六招。「最後的那一頁，就是那一招。」

謝先生和鍾展立刻將劍譜翻到最後一頁，以他們的身分地位，當然絕不會去看自己不該看的事。

這是證據，爲了丁鵬和柳若松一生的信譽，他們不能不看。

他們只看了幾眼，臉上就都已變了顏色。

於是柳若松問：「剛才丁少俠使出的那一劍，兩位是不是都已看得很清楚？」

「是的。」

「剛才丁少俠說，那就是他用來擊敗史定、葛奇和郭正平的劍法，兩位是不是也都聽得很清楚？」

「是的！」

「那一劍的招式，變化和精美，是不是和這本劍譜上的一招『武當松下風』完全相同？」

「是的。」

「在下和丁少俠是不是第一次見面……」

這一點鍾展和謝先生都不能確定，所以他們問丁鵬。

丁鵬承認，點頭。

於是柳若松又問：「這劍譜會不會是假造的？」

「不會。」

就算看過丁鵬使出這一劍的人，也絕對沒法子得到這一劍的精華。

這一點，謝先生和鍾展都絕對可以確定。

於是柳若松長長嘆了口氣，道：「現在我已經沒有話可說了。」

丁鵬更無話可說。

雖然他自覺已長大成人，其實卻還是個孩子，他生長在一個淳樸的鄉村，離開家鄉才三個多月，江湖中的詭譎，他怎麼懂。

他只覺得心在往下沉，整個人都在往下沉，沉入了一個又黑又深的洞裡，全身上下都已被緊緊綁住，他想掙扎，卻掙不開，想吶喊，也喊不出。

所有的希望都破滅了，光明燦爛的遠景，已經變成了一片黑暗。

他實在不知道該怎麼辦才好。

鍾展正在問柳若松：「你既然創出了這一招劍法，爲什麼從來沒有使用過？」

柳若松道：「我身爲武當門下，而且以武當爲榮，這一招只不過是我在無意間創出來的，我隨手記了下來，也只不過是一時的興趣，想留作日後的消遣而已。武當劍法博大精深，已足夠我終生受用不盡，我這一生絕不會再使用第二家的劍法，也絕沒有自創門派的野心，若不是真不得已，我絕不會把這劍譜拿出來。」

這解釋不但合情合理，而且光明正大，無論誰都不能不接受。

謝先生微笑道：「說得好，天一真人想必也會以有你這麼樣一個弟子爲榮。」

鍾展道：「這一招既然是你自創的劍法，丁鵬卻是從哪裡學來的？」

柳若松道：「這一點我也正想問問丁少俠。」

他轉向丁鵬，態度還是很溫和：「這一招究竟是不是你家傳的劍法？」

丁鵬垂下頭，道：「不是。」

說出這兩個字時，他的感覺就好像自己在用力鞭打著自己。

但是現在他已不能不承認，他畢竟還是個純真的年輕人，還不會昧住良心說謊。

柳若松道：「那麼你是從哪裡學來的？」

丁鵬道：「家父在無意間得到一頁殘缺的劍譜，上面就有這一招天外流星。」

柳若松道：「那是誰的劍譜？」

丁鵬道：「不知道。」他真的不知道。

劍譜中並沒有記下姓名，就因爲他自己也不知道劍譜是誰的，所以他不能不相信柳若松。

他說的完全是實話。

柳若松卻嘆了口氣，道：「想不到一個年輕輕的少年人，就已學會了說謊。」

丁鵬道：「我沒有說謊。」

柳若松道：「你那頁劍譜呢？」

丁鵬道：「就在……」

他沒有說下去，因爲現在他已經不知道那頁劍譜在哪裡。

他記得曾經將那頁劍譜交給了可笑，可笑雖然又還給了他，但是後來他還是讓她收起來了，她將一切都交給了他，他也將一切都給了她。

以後這一段日子過得太溫馨，太甜蜜，一個初嚐溫柔滋味的年輕人，怎麼還會想到別的事。

柳若松冷冷的看著他，又嘆了口氣，道：「你還年輕，還沒有犯什麼大錯，我並不想太難爲你，只要你答應我一件事，我就不再追究你那頁劍譜的來歷。」

丁鵬垂下頭。

他看得出現在無論他說什麼，都已沒有人會相信，他也看得出別人眼中對他的輕蔑。

柳若松道：「只要你答應我，終生不再用劍，也不在江湖走動，我就讓你走。」

他的神情已變得很嚴肅：「但是日後你若食言背信，不管你逃到哪裡去，我也要去取你的性命。」

一個學劍的人，一個決心要出人頭地的年輕人，若是終生不能再使劍，終生不能在江湖中走動，他這一生活著還有什麼意思？

可是現在丁鵬已不能不答應，現在他已完全沒有選擇的餘地。他忽然覺得很冷，因爲這時忽然有一陣冷颼颼的風吹了過來，吹起了他的衣襟，也吹起了柳夫人臉上的面紗……

天氣已將變了，燦爛的陽光已經被烏雲掩住。

丁鵬忽然覺得全身都已冰冷僵硬，忽然又覺得全身都像是被火焰在燃燒。

一種說不出的悲痛和憤怒，就像是火焰般從他的腳趾衝入了他的咽喉，燒紅了他的臉，也燒紅了他的眼睛。

就在輕紗被風吹起的那一瞬間，他已看到了這位柳夫人的真面目。

這位柳夫人赫然竟是可笑。

現在一切事都已明白了。

他永遠想不到這件事的真相竟是如此卑鄙，如此殘酷。

他忽然大笑，看著這位柳夫人大笑，他的笑聲聽來就像是野獸垂死前的長嘶。

他指著她大笑道：「是你，原來是你。」

每個人都在吃驚的看著他，柳若松道：「你認得她？」

丁鵬道：「我當然認得她，我不認得她，誰認得她！」

柳若松道：「你知道她是誰？」

丁鵬道：「李可笑。」

柳若松沉下臉，冷冷笑道：「我並不可笑，你也不可笑。」

這件事的確不可笑，一點都不可笑。

這件事簡直令人連哭都哭不出來。

丁鵬本該將一切經過事實都說出來的——從她赤裸裸竄入他眼前開始，到他爲她去找那梅花老人，被吊起……一直到她把一切都給了他，他也把一切都給了她。

可是他不能說。

這件事實在太荒唐，太荒謬，如果他說出來別人一定會把他當做個瘋子，一個淫猥而變態的瘋子。

對付這種瘋子無論用多麼殘酷的方法，都沒有人會說話的。

他曾經親眼看見過一個這樣的瘋子被人活活吊死。

現在他才知道，自己掉下去的這個黑洞，原來是個陷阱。

這一對君子和淑女，不但想要他的劍譜，還要徹底毀了他這個人。

因爲他已經威脅到他們，因爲這一戰他本來一定會勝的。

現在他本來應該已經名動江湖，出人頭地。

可是現在……

丁鵬忽然撲過去，用盡全身力量向這位並不可笑的柳夫人撲了過去。

現在他已經完了，已經徹底被毀在她手裡。

他也要毀了她。

可惜一個像柳夫人這樣的名門淑女，絕不是一個像他這樣的無名小子能夠毀得了的。

他身子剛撲起，已有兩柄劍向他刺了過來。

梅花老人在厲聲大喝：「我一直沒有開口，只因爲柳若松是我的兄弟，但是現在我已忍無可忍。」

柳若松在嘆息：「我本來並不想太難爲你的，你爲什麼一定要自己找死？」

雷霆一聲，暴雨傾盆。

劍光與閃電交舉，丁鵬的衣服已被鮮血染紅。

他的眼睛也紅了！他已不顧一切。

反正他一生已經被毀了，還不如現在就死在這裡，死在這個女人面前。

謝先生沒有阻攔，鍾展也沒有。

他們都不想再管這件事，這年輕人實在不值得同情。

如果他有身分，有地位，有名氣，如果他是個出身顯赫的世家子，也許還會有人幫他說幾句話，聽聽他的解釋。

只可惜他只不過是個一無所有的窮小子。

劍光一閃，刺入了他的肩。他並不覺得痛。

他已經有些瘋狂，有些暈迷，有些痳木，一個人到了這種時候，反而會激起求生的本能，誰也不想像瘋狗般被人亂劍刺死。

可惜這時候他已走上了死路，再想回頭已來不及了。

梅花與青松的兩柄劍，已像毒蛇般纏住了他。

——他已發現了他們的陰謀，他們絕不會再留下他的活口。

現在每個人都已認爲他罪有應得，他們殺了他，本是天經地義的事。

柳若松已經刺出了致命的一劍，這一劍已將刺入丁鵬的咽喉。

忽然間，又是一聲霹靂，閃電驚雷齊下，練武場上的一棵大樹，竟被硬生生劈開了。

閃電、霹靂、雷火。

巨大的樹幹，在火焰中分裂，帶著雷霆之勢，壓倒了下來。

這是天地之威，天地之怒，這是無論什麼人都不能不恐懼的。

驚呼聲中，每個人都不由自主的後退，柳若松也在後退。

只有丁鵬向前衝，從分劈的樹幹中衝了出去，從雷火間衝了過去。

他不知道自己是不是能退得了，也不知道自己要逃到哪裡。他沒有目的，也不辨方向。

他心裡只想著要逃出這個陷阱，能夠逃到哪裡，就逃到哪裡。他用出了所有的力量，等到力量用盡時，他就倒了下去，倒在一個山溝裡。

暴雨中，天色已暗了。

他最後想到的一件事，既不是他對柳若松和「可笑」的仇恨，也不是他自己的悲痛。

他最後想到的是他的父親臨死的時候看著他的那雙眼睛。

那雙眼睛中充滿了愛和信心。

現在這眼睛彷彿又在看著他，眼睛裡還是充滿愛和信心。

他相信他的兒子一定能爲他爭這口氣，一定能出人頭地。他要他的兒子活下去。

七月十五，月夜。圓月。

雨已經停了，圓月已升起。

今夜的月彷彿比平時更美，美得神秘，美得淒涼，美得令人心碎。

丁鵬張開眼，就看見了這輪圓月。

他沒有死，想要他死的人，並沒有找到他。

也不知是巧合？還是天意？他才會倒在這個山溝裡。

暴雨引發了山洪，山洪灌入了這條山溝，把他的人也沖到這裡來了。

這裡距離他倒下去的地方已很遠，從山溝裡爬起來，就可以看到一個很深的洞穴。

四面都是山，都是樹，雨後的山谷，潮濕而新鮮，就像是個初浴的處女。

處女的美，也總是帶著些神秘的。

這洞穴就像是處女的眼睛，深邃，黑暗，充滿了神秘的吸引力。

丁鵬彷彿已被這種神秘的力量吸引，情不自禁的走了進去。

月光從外面照進來，洞穴的四壁，竟畫滿了圖畫，畫的卻不是人間，而是天上。

只有天上，才會有這樣的景象——

巨大而華麗的殿堂，執金戈，披金甲的武士，梳高髻，著羽衣的宮娥，到處擺滿了絕非人間所有的珠玉珍寶，鮮花香果，男人們都像天神般威武雄壯，女人們都像仙子般高貴。

丁鵬已看得癡了。

——他所有的希望都已破滅，光明的前途已變成爲一片黑暗。

在人間，他被欺騙，被侮辱，被輕賤，被冤枉，已被逼上了絕路。

在人間，他已沒有前途，沒有未來，已經被人徹底毀了。

他所遭受的冤枉，這一生都已無法洗清，他這一生已永遠無出頭的日子，就算活下去，也只能看著那些欺騙他，侮辱他，冤枉他的人耀武揚威，因爲那些人是他永遠打不倒的。

他活著還有什麼意思？

人間雖然沒有天理，天上總有的，在人間遭受的冤屈，只有到天上去申訴了。

他還年輕，本不該有這種想法。

可是一個人真的已到了無路可走，並已無可奈何的時候，不這麼想，又能怎麼想？他忽然想死。

死，的確比這麼樣活下去容易得多，也痛快得多了。

被欺騙，被一個自己第一次愛上的女人欺騙。

這本來就是任何人都不能忍受的事，已經足夠讓一個年輕人活不下去。

他忽然發現自己手裡還緊緊握著他的劍。

這柄劍既不能帶給他聲名和榮耀，就不如索性死在這柄劍下。

他提起劍，準備用劍鋒刺斷自己的咽喉。

想不到就在這時候，忽然有一陣風吹過來，風中彷彿有個影子。

一條淡淡的影子，帶著種淡淡的香氣，從他面前飛了過去，忽然又不見了。

他手裡的劍也不見了。

丁鵬怔住。

然後他就覺得有股寒氣從腳底升起，忽然間全身都已冰冷。難道這裡有鬼？

這洞穴本來就很神秘，現在黑暗中更彷彿充滿了幢幢鬼影。

可是一個人既然已經決心要死了，爲什麼還要怕鬼？

鬼，也只不過是一個死了的人而已。

沒有劍也一樣可以死的。

丁鵬恨的是，不但人要欺負他，在臨死的時候，連鬼都要戲弄他。

他咬了咬牙，用盡全身力量，把自己的頭顱往石壁上撞了過去。

無論是人欺負他，還是鬼戲弄他，這筆帳他死後都一定要算的！

可是他沒有死。

他的頭並沒有撞上石壁，因爲又有一陣風吹過，石壁前忽然出現了一個人。

他的頭竟撞在這個人身上。

這回比撞上石壁還可怕，世上絕沒有任何人會來得這麼快的。

他吃驚的向後退，終於看見了這個「人」。

一個梳高髻，著羽衣的絕色美人，就和壁畫上的仙子完全一樣。

難道她就是從壁畫中走出來的？

她的左手提著個裝滿鮮花的竹籃，右手卻提著一把劍。丁鵬的劍。

她正在看著丁鵬微笑，笑容清新，甜柔，純潔，高貴。

不管怎麼樣，至少她看起來並不可怕。

丁鵬總算又能呼吸，總算又能發出聲來，立刻開口問出了一句話：「你是人是鬼？」

這句話問得很可笑，但是不管任何人在他這種情況下，都會問出這句話的。

她又笑了，連眼睛裡都有了笑意，忽然反問道：「你知道今天是什麼日子？」

丁鵬道：「是七月，七月十五日。」

這個彷彿是從壁畫中走出來的絕色麗人道：「你知道七月十五是什麼日子？」

丁鵬終於想了起來，今天是中元，是鬼的節日。

今天晚上，鬼門關開了。

今天晚上，幽冥地府中的群鬼都已到了人間。

丁鵬失聲道：「你是鬼？」

這麗人嫣然道：「你看我像不像是個鬼？」

她不像。

丁鵬又忍不住問：「你是天上的仙子？」

這麗人笑得更柔：「我也很想讓你認爲我是個天上的仙子，可是我又不敢說謊，因爲我若冒充了天上的仙子，就會被打下拔舌地獄去。」

丁鵬道：「不管怎麼樣，你絕不會是人。」

這麗人道：「我當然不是人。」

丁鵬情不自禁，又後退了兩步，道：「你……你是什麼？」

這麗人道：「我是狐。」

丁鵬道：「狐？」

這麗人道：「難道你從來沒有聽見過這世上有『狐』？」

丁鵬聽見過。有關「狐」的傳說很多，有的很美，有的很可怕。

因爲「狐」是不可捉摸的。

他們如果喜歡你，就會讓你獲得世上所有的榮耀和財富，就會帶給你夢想不到的幸運。

但是他們也能把你迷得魂銷骨散，把你活活的迷死。

雖然從來沒有人能看見他們，可是也沒有人能否定他們的存在。

所有的傳說中，唯一相同的一點是，「狐」常常化身爲人，而且喜歡化身爲美麗的女人。

丁鵬吃驚的看著面前這個美麗的女人，剛吹乾的衣裳又被冷汗濕透。

他真的遇見了一個「狐」？

月光淡淡的照進來，照在她臉上，她的臉美麗而蒼白，蒼白得就像是透明了一樣。

只有從來沒有見過陽光的人，才會有像她這樣的臉色。

「狐」當然是見不得陽光的。

丁鵬忽然笑了。

這麗人彷彿也覺得有點奇怪，遇到狐仙的人，從來沒有人能夠笑得出的。

她忍不住問道：「你覺得這種事很好笑？」

丁鵬道：「這種事並不好笑，可是你也嚇不到我的。」
這麗人道：「哦？」
丁鵬道：「因爲我根本不怕你，不管你是鬼是狐，我都不怕你。」
這麗人道：「人人都怕鬼狐，爲什麼你偏偏不怕？」
丁鵬道：「因爲我反正也要死了。」
他還在笑：「你若是鬼，我死了之後也會變成鬼的，爲什麼要怕你。」
這麗人嘆了口氣，道：「一個人死了之後，的確是什麼都不必再害怕了。」
丁鵬道：「一點都不錯！」
這麗人道：「可是一個人年紀輕輕，爲什麼要死呢？」
丁鵬也嘆口氣，道：「年紀輕輕的人，有時也會想死的。」
這麗人道：「你真的想死？」
丁鵬道：「真的！」
這麗人道：「你非死不可？」
丁鵬道：「非死不可！」
這麗人道：「可惜，你忘了一件事！」
丁鵬道：「什麼事？」

這麗人道：「現在你還沒有死，還是個人。」

丁鵬承認。

這麗人道：「我卻是狐，是個狐仙，我有法力，你沒有，所以，我若不要你死，你就絕對死不了，除非……」

丁鵬道：「除非怎麼樣？」

這麗人道：「除非你先告訴我，是什麼事讓你非死不可。」

丁鵬忽然跳了起來，大聲道：「我為什麼要告訴你，你憑什麼要我告訴你？」

只要一想起那件事，他心裡就充滿了悲痛和憤怒：「我偏不告訴你，你能把我怎麼樣？」

除死之外無大事。

一個人已經決心要死了，還怕別人能把他怎麼樣。

這麗人吃驚的看著他，忽然又笑了：「現在我相信了，看來你的確是真的想死。」

丁鵬道：「我本來就是。」

這麗人忽然又問道：「你叫什麼名字？」

丁鵬道：「你為什麼要問我的名字？」

這麗人道：「等你死了，變成了鬼，我們就是同鄰了，說不定還會常常見面的，我當然要知道你的名字。」

丁鵬道：「你爲什麼不先把你的名字告訴我，狐也應該有名字的。」

這麗人嫣然道：「我有名字，我告訴你。」

她說：「我叫青青。」

青青穿著一身淡青色的衣裳，就像是春天晴朗的天空，晴空下澄澈的湖水。湖水中倒映著的遠山，美麗神秘而朦朧。

青青的腰纖細而柔軟，就像是春風中的楊柳。

青青的腰上繫著條青青的腰帶，腰帶上斜斜的插著一把刀。一把彎彎的刀。

青青的彎刀是用純銀作刀鞘，刀柄上鑲著一粒光澤柔潤的明珠。

青青的眼波比珠光更美麗，更溫柔。

丁鵬一點都不怕她，無論她是人？還是狐？都不可怕。

如果青青是人，當然是個美人，如果青青是狐，也是隻溫柔善良而美麗的狐，絕不會去傷害任何人。

她的彎刀看來也絕不像是把傷人的刀。

丁鵬忽然問道：「你也用刀？」

青青道：「我爲什麼不能用刀？」

丁鵬道：「你殺過人？」

青青搖頭，道：「會用刀的人，並不一定都要殺人的。」

丁鵬嘆了口氣，道：「殺人的人，也並不一定都要用刀。」

現在他才知道，有些人不用刀也一樣可以殺人，殺人的方法遠比用刀更殘酷。

青青道：「你遇到過這種人？」

丁鵬道：「嗯！」

青青道：「所以他雖然沒有用刀殺你，你還是非死不可。」

丁鵬苦笑道：「我倒寧願他用刀殺了我。」

青青道：「你能不能把你遇到的事說出來？讓我看看你是不是非死不可？」

這件事本來是絕不能對人說的，因爲說出來也沒有人相信。

可是青青不是人，是狐。

狐遠比人聰明，一定可以分得出他說的是不是真話。

丁鵬並不怕她訕笑他的愚昧，他終於把他的遭遇告訴了她。

能夠把心裡不能對人說的話說出來，就算死，也死得痛快些。

丁鵬長長吐出口氣，道：「一個人遇到了這種事，你說他是不是非死不可？」

青青靜靜的聽著，也輕輕吐出口氣，道：「是的。」

丁鵬道：「現在我是不是已經可以死了？」

青青道：「你死吧！」

無論是人是狐，都認爲他的確應該死的，這麼樣活下去，的確還不如死了的好。

丁鵬又嘆了口氣，道：「你走吧！」

青青道：「你爲什麼要我走？」

丁鵬道：「一個人死的時候，樣子絕不會好看的，你爲什麼要在這裡看著我？」

青青道：「可是死也有很多種，你應該選一種比較好看的死法！」

丁鵬道：「死就是死，怎麼死都一樣，我爲什麼還要選一種好看的死法？」

青青道：「爲了我！」

丁鵬不懂：「爲了你？」

青青道：「我從來沒看見別人死過，求求你，死得好看一點，讓我看看好不好？」

丁鵬笑了，苦笑。他從未想到居然有人會向他提出這麼荒謬的要求，他居然也沒有拒絕：

「反正我要死了，怎麼死都沒關係。」

青青嫣然道：「你真好！」

丁鵬道：「只可惜我實在不知道哪種死法比較好看？」

青青道：「我知道。」

丁鵬道：「好，你要我怎麼死，我就怎麼死。」

青青道：「離這裡不遠，有個地方叫憂愁谷，谷裡有一棵忘憂草，常人只服下一片忘憂草的葉子，就會將所有的憂愁煩惱全都忘記。」

她看著丁鵬：「世人如此愚昧，又有誰真的能將所有的憂愁煩惱全都忘記？」

丁鵬道：「只有死人！」

青青輕輕的嘆了口氣，道：「你說的不錯，只有死人才沒有煩惱。」

丁鵬道：「那種死法很好看？」

青青道：「據我所知，不管是在天上，還是在地下，那都是最好看的一種。」

丁鵬道：「那地方離這裡不遠？」

青青道：「不遠！」她轉過身，慢慢的走向洞穴的最黑暗處，憂愁和黑暗總是分不開的。

憂愁的山谷，當然也總是在黑暗中。

無邊無際的黑暗，彷彿永無止境。

丁鵬看不見青青，也聽不見她的腳步聲，只能嗅得到她身上那種輕輕的，淡淡的香氣。

他就追隨著她的香氣往前走。

這個洞穴遠比他想像中深得多，他也不知道走了多久，也不知道要走到哪裡。

香氣更濃了。

除了她的香氣外，還有花香，比起她的香氣來，花香彷彿變得很庸俗。

「她真的是狐？」丁鵬不相信，也不願相信，他還年輕，如果她是個人……

「反正我已經快死了，她是人也好，是狐也好，跟我有什麼關係？」

丁鵬在心裡嘆了口氣，不再想這件事：「憂愁谷裡也有花？」

青青道：「當然有，什麼樣的花都有，我保證你從來都沒有看見過那麼多花。」

她的聲音輕柔，彷彿自遠山吹來的春風：「我保證你從來沒有看見過那麼美的地方。」

她沒有說謊，也沒有誇張。

憂愁谷確實是個非常非常美麗的地方，尤其在月光下更美，美得就像是個夢。

一個人剛從無邊無際的黑暗中走出來，驟然來到這麼美的地方，更難免要懷疑自己是在做夢。

丁鵬忍不住問：「這不是夢？」

「不是！」

「這地方爲什麼要叫憂愁谷？」

「因爲這是人與神交界的地方，非但凡人不能隨便到這裡來，神也不能隨便到這裡來！」

「爲什麼？」

「因爲神到了這裡，就會被貶爲人，人到了這裡，就會變成鬼！」

「只有快要死了的人，和已經被貶爲人的神才能來？」

「不錯！」

「所以這地方就叫憂愁谷？」

「是的！」

青青說：「無論是神還是人，只要到了這裡，就會遭遇到不幸，只有我們這種非人非鬼非神的狐，才能在這裡隨意走動。」她說的實在太離奇，太神秘。

丁鵬卻不能不信。

這裡的確不是人間，凡人的足跡，的確沒有到過這裡。

不管怎麼樣，一個人能夠死在這裡，已經不該有什麼埋怨的了。

丁鵬道：「那株忘憂草呢？」

青青沒有回答他的話。

青青在眺望著遠方的一塊岩石。一塊白玉般的岩石，就像是個孤獨的巨人，矗立在月光下。

岩石上沒有花。

岩石上只有一株碧綠的草，比花更美，比翡翠還綠。

丁鵬道：「那就是忘憂草？」

青青終於點了點頭，道：「是的。」

她帶著他向那塊岩石走過去：「忘憂草的葉子，每年只長一次，每次只有三片，如果你來得遲些，它的葉子就要枯萎了！」

丁鵬道：「這只不過是棵毒草而已，想不到也如此珍貴。」

青青道：「這不是毒草，這是忘憂草，要把憂愁忘記，並不是件容易的事。」

她問丁鵬：「你說是不是？」

丁鵬道：「是的。」

就在這時候，忽然有一片黑影飛來，掩住了月光，就像是一片烏雲。

那不是烏雲。那是一隻鷹，蒼色的鷹。

鷹在月光下盤旋，在白玉般的岩石上盤旋，就像是一片烏雲。

青青蒼白的臉上，立刻就露出種奇怪的表情，皺起眉道：「今天要來找這忘憂草的，好像還不止你一個！」

丁鵬仰望著月光下的飛鷹，道：「難道那是神？」

青青搖頭，道：「那只不過是一隻鷹！」

丁鵬道：「鷹爲什麼要來找忘憂草？難道鷹也有憂愁煩惱？」

青青還沒有開口，這隻鷹忽然流星般向岩石上的忘憂草俯衝下去。

鷹的動作遠比任何人更快，更準。

想不到青青的動作更快。她輕叱一聲：「去！」

叱聲出口，她的人已像流雲般飄起，飄飄的飛上了岩石。

她的衣袖也像流雲般揮出，揮向鷹的眼。

鷹長唳，流星般飛去，瞬眼間就消失在遠方的黑暗中。

圓月又恢復了它的皎潔，她站在月光下，岩石上，衣袂飄飄，就像是天上的仙子。

丁鵬心裡在嘆息。

如果他有她這樣的身法，又何必再怕柳若松？又何必要死？

只可惜她這樣的身法，絕不是任何一個凡人所能企求的。

他看見青青正在向他招手：「你能不能上來？」

「我試試！」光滑如鏡的岩石上，滑不溜手，他實在沒有把握上得去。

但是他一定要試試。

不管她是人，還是狐，她總是個女的，他不想被她看不起。

他試了一次又一次，全身都已跌得發青。

她悠悠站在岩石上，看著他一次次跌下去，既沒有去拉他一把，也沒有拉他的意思。

「無論我想得到什麼，都要靠自己的本事。」

「沒有本事的人，非但不能好好的活著，就連死，也不能好好的死。」

他咬緊牙關，再往上爬，這次他終於接近成功了，他幾乎已爬上了岩石的平頂。

想不到就在這時候，那隻鷹忽然又飛了回來，雙翼帶風，勁風撲面。

他又跌了下去。這次他跌得更慘。爬得越高，就會跌得越慘。

暈眩中，他彷彿聽見鷹在冷笑：「像你這樣的人，也配來尋忘憂草？」

這只不過是隻鷹，不是神。鷹不會冷笑，更不會說話，說話的是騎在鷹背上的一個人。

鷹在盤旋，人已飛下。就像是一片葉子輕飄飄的落在岩石上。

凡人絕不會有這麼輕妙的身法。

月光皎潔，他的人也在閃動著金光，他身上穿著的是件用金絲織成的袍子。一件三尺長的袍子。

因爲這個人只有三尺多高，三尺長的袍子穿在他身上，已經拖下了地。他的鬍子比這件金袍更長。他的劍比鬍子還長。

一個三尺高的人，背後卻揹著柄四尺長的劍，用黃金鑄成的劍鞘已拖在地上。

這個人看起來實在也不像是個人。

也許他根本就不是人，是神，這裡本就不是凡人能夠來的地方。

一個在人間都已沒有立足地的人，爲什麼要到這裡來？

一個連人都比不上的人，又怎麼能和神狐鬥勝爭強？

丁鵬忽然覺得很後悔，因爲他根本就不該到這裡來的。

金色的長袍，金色的鬍子，金色的劍，都在閃動著金光。

這老人的身子雖不滿四尺，可是他的神情，他的氣概，看來卻像是個十丈高的巨人。

他忽然問：「剛才驚走我兒子的人就是你？」

他在問青青，卻連看都沒有去看青青一眼，這世界上好像根本就沒有人能被他看在眼裡。

「你兒子？」青青笑了：「那隻鳥是你兒子？」

老人道：「那不是鳥，是鷹，是神鷹，是鷹中的神。」

他說話時的表情嚴肅而慎重，因爲他說的絕不是謊話，也不是笑話。

青青卻還在笑：「鷹也是鳥，你的兒子是鳥，難道你也是隻鳥？」

老人發怒了。他的頭髮已半禿，他發怒時，禿頂上剩下的頭髮竟一根根豎起。

據說一個人的氣功如果練到登峰造極時，是真的能怒髮衝冠的。

但是天下絕沒有任何人的氣功能練到這樣的境地，這種功力絕不是任何凡人能夠企及的。

青青卻好像連一點害怕的意思都沒有，因爲她也不是人。

她是狐。

據說狐是什麼都不怕的。

老人的怒氣居然很快就平息，冷冷道：「你能夠驚走我的鷹兒，你的功力已經很不弱。」

青青道：「哦！」

老人道：「可是我不殺你！」

他傲然道：「因爲這世上夠資格讓我殺的，已經只剩下兩個人。」

青青道：「哎呀！」

老人道：「哎呀是什麼意思？」

青青道：「哎呀的意思，就是你如果真要殺我，還是可以殺我！」

老人道：「爲什麼？」

青青道：「因爲我根本不是人。」

老人道：「你是什麼東西？」

青青道：「我也不是東西，我是狐。」

老人冷笑道：「狐鬼異類，更不配讓我老人家拔劍！」

他不但氣派大極了，膽子也大極。

他居然還是連看都沒有看青青一眼，背負著雙手，走向那株忘憂草。

——像他這麼樣一個人，難道也有什麼憂愁煩惱要忘記？

青青忽然擋住了他的去路，道：「你不能動這棵忘憂草，連碰都不能碰。」

老人居然沒有問她：「爲什麼？」

現在她就在他面前，他已不能不看她，但是他仍沒有抬頭去看她的臉。

他在盯著她腰帶上的那柄刀。

那柄青青的，彎彎的刀。

青青的彎刀在圓月下閃動著銀光。

老人忽然伸出一隻鳥爪般的手，道：「拿來！」

青青道：「拿什麼？」

老人道：「你的刀。」

青青道：「我爲什麼要把我的刀拿給你？」

老人道：「因爲我要看看。」

青青道：「現在你已經看見了。」

老人道：「我想看的是刀，不是刀鞘。」

青青道：「我勸你，只看看刀鞘就很不錯了，絕不要看這把刀。」

老人道：「爲什麼？」

青青道：「因爲這把刀是絕對看不得的。」

她輕輕的嘆了口氣：「因爲看過這把刀的人，都已經死在這把刀下。」

老人忽然抬起頭去看她的臉。

她的臉蒼白而美麗，美得悽艷而神秘，美得任何男人只要看過一眼就不能不動心。

這老人的反應卻完全不同。他的瞳孔忽然收縮，眼睛裡忽然露出種恐懼之極的表情。

他忽然失聲而呼：「是你！」

難道這老人以前就見過青青？難道他以前就認得青青？

老人忽然又搖頭，道：「不是，絕不是，你還年輕，你太年輕。」

青青也覺得有點奇怪，道：「你是不是認得一個很像我的人？」

老人道：「我不認得你，我只認得這把刀，我絕不會認錯的，絕不會……」

他忽然問青青：「這把刀上是不是刻著七個字？」

青青反問道：「哪七個字？」

老人道：「小樓一夜聽春雨。」

「小樓一夜聽春雨！」這是句詩，一句非常美的詩，美得淒涼，美得令人心碎。

丁鵬也讀過這句詩。

每當他讀到這句詩，或者聽到這句詩的時候，他心裡總會泛起一陣輕愁。一種「欲說還休」的輕愁，一種美極了的感情。

可是青青和這老人的反應卻不同。說出這七個字的時候，老人的手在發抖，臉色已變了。聽到這七個字的時候，青青的臉色也變了，忽然拋下手裡的花籃，握住了刀柄。

那柄彎刀的刀柄。

青青的彎刀，刀柄也是彎彎的。

四 彎刀

裝滿鮮花的花籃，從岩石上滾落下來，鮮花散落，繽紛如雨。

是花雨，不是春雨。

這裡沒有春雨，只有月。圓月。

在圓月下，聽到這麼美的一句詩，他們爲什麼會有這麼奇怪的反應？

青青的手，緊緊握著這柄青青的彎刀的彎彎的刀柄。

老人在盯著她的手。

他已經用不著再問。如果刀上沒有這七個字，她絕不會有這種反應。

老人眼睛裡的表情奇怪之極，也不知是驚訝？是歡喜？還是恐懼？

他忽然仰天而笑，狂笑：「果然是這把刀，老天有眼，總算叫我找到了這把刀！」

狂笑聲中，他的劍已出鞘。

三尺高的人，四尺長的劍，可是這柄劍握在這個人手裡並不可笑。

這柄劍一出鞘，絕沒有任何人還會注意到他這個人是個侏儒。

因爲這柄劍一出鞘，就有一股逼人的劍氣直迫眉睫而來。

連岩石下的丁鵬都已感覺到這股劍氣，森寒肅殺的劍氣，逼得他連眼睛都已睜不開。

等他再睜開眼時，只看見漫天劍光飛舞，青青已被籠罩在劍光下。

劍氣破空，劍在呼嘯。

老人的聲音在劍風呼嘯中還是聽得很清楚，只聽他一字字道：「你還不拔刀？」

青青還沒有拔刀。

青青的彎刀，還在那個彎彎的刀鞘裡。

老人忽然大喝：「殺！」

喝聲如霹靂，劍光如閃電，就算閃電都沒有如此亮，如此快！

劍光一閃，青青的人就從岩石上落了下來，就像一瓣鮮花忽然枯萎，墜下了花蒂。

十丈高的岩石，她落在地上，人就倒下。

老人並沒有放過她。

老人也從十丈高的岩石上飛下，就像一片葉子般輕輕的，慢慢的飛下。

老人的掌中有劍，劍已出鞘。

老人掌中的劍，劍鋒正對著青青的心臟。這一劍絕對是致命的一劍，準確，狠毒，迅速，無情。

丁鵬從未想到人世間會有這種劍法，這老人絕對不是人，是神。

殺神！

青青就倒在他身旁，青青已絕對沒有招架閃避的能力。

看著這一劍飛落，丁鵬忽然撲過去，撲在青青的身上。

「反正我已經要死了，反正我已經非死不可。」他忽然覺得有種不可遏止的衝動，不管怎麼樣，他總是和青青一起來的。

不管青青是人是狐，總算對他不錯。

他怎麼能眼看著青青死在別人的劍下？

但是他卻不妨死在別人的劍下，既然已非死不可，怎麼死都一樣。

他撲倒在青青身上。

他願意替青青挨這一劍。

劍光一閃，刺入了他的背。

他並不覺得痛苦。

真正的痛苦，反而不會讓人有痛苦的感覺。

他只覺得很冷，只覺得有種不可抗拒的寒意，忽然穿入了他的背，穿入了他的骨髓。

就在這時候，他看見青青拔出了她的刀。

青青的彎刀是青青的。

青青的刀光飛起時，丁鵬的眼睛已闔起。

他沒有看見青青的彎刀，他只聽見那老人忽然發出一聲慘呼。

然後他就又落入黑暗中，無邊無際的黑暗，深不見底，永無止境。

黑暗中忽然有了光，月光。圓月。

丁鵬睜開眼，就看見一輪冰盤般的圓月。也看見了青青那雙比月光更美的眼睛。

無論是在天上，還是在地下，都不會有第二雙這麼美麗的眼睛。

他還在青青身旁。

無論他是死是活，無論他是在天上，還是在地下，青青都仍在他身旁。

青青眼睛裡還有淚光。

她是在爲他流淚。

丁鵬忽然笑了笑，道：「看來現在我已用不著忘憂草了，可是我覺得這樣死更好。」

他伸出手，輕拭她臉上的淚痕：「我從來也沒有想到過，我死的時候，居然還有人爲我流淚。」

青青的臉色卻變了，連身子都已開始顫抖，忽然道：「我真的在流淚？」

丁鵬道：「真的，你真的是在流淚，而且是在爲我流淚。」

青青的臉色變得更奇怪，彷彿變得說不出的害怕，對她來說，流淚竟彷彿是件極可怕的事。

可是她在害怕之中，卻又彷彿帶著種說不出的喜悅。

這是種很奇怪的反應，丁鵬實在猜不透她爲什麼會有這種反應。

他忍不住道：「不管怎麼樣，我總是爲你而死的，你爲我流淚……」

青青忽然打斷了他的話，道：「你沒有死，也不會死了。」

丁鵬道：「爲什麼？」

青青道：「因爲你已經死過一次，現在你既然已經到了這裡，就不會再死了。」

丁鵬終於發現，這裡已不是那美麗的憂愁之谷。這裡是個更美的地方。

圓月在窗外，窗裡堆滿了鮮花，他躺在一張比白雪更柔軟的床上，床前懸掛著一粒明珠，珠光比月光更皎潔明亮。

他彷彿覺得自己曾經來過這裡。

可是他也知道，如果他真的來過，也一定是在夢中。

因爲人間絕沒有這麼華美的宮室，更沒有這樣的明珠。

「這裡是什麼地方？」

青青垂下頭，輕輕的說：「這裡是我的家。」

丁鵬終於想起，他剛才爲什麼會對這地方有似曾相識的感覺。

他的確看見過這地方，在圖畫上看見過。

——洞穴的四壁，畫滿了圖畫，畫的不是人間，而是天上。

他又忍不住問：「這裡只有你一個人？」

青青沒有回答，垂著珠簾的小門外卻有人說：「這裡連一個人都沒有。」

一個滿頭白髮如銀的老婆婆，用一根龍頭柺杖挑起了珠簾，慢慢的走了進來。

她的身材高大，態度威嚴而尊貴。

她的頭髮雖然已完全白了，腰桿卻還是挺得筆直，一雙眼睛還是炯炯有光。

青青已垂著頭站起來，輕輕的叫了聲：「奶奶！」

這老婆婆竟是青青的祖母。

一個美麗而年輕的狐女，帶著一個落魄的年輕人回到了她的狐穴，來見她嚴厲而古怪的祖母……

這種事本來只有在那神秘的傳說中才會發生的，丁鵬居然真的遇見了。

以後還會發生些什麼事？她們會對他怎麼樣？

丁鵬完全不能預測。

一個像他這樣的凡人，到了這種地方，已完全身不由主。

老婆婆冷冷的看著他，又道：「你應該知道這裡連一個人都沒有，因爲我們都不是人，是狐。」

丁鵬只有承認：「我知道。」

老婆婆道：「你知不知道這地方本不是凡人應該來的？」

丁鵬道：「我知道。」

老婆婆道：「現在你已經來了，你不後悔？」

丁鵬道：「我不後悔。」

他說的是實話。

一個本來已經快要死的人，還有什麼後悔的？

他留在世上，也只有受人欺侮，被人冤枉，他爲什麼不能到另一個世界中來？

她們雖然是狐，對他卻遠比那些自命君子的人好得多。

老婆婆道：「如果我們要你留下來，你是不是願意留下來？」

丁鵬道：「我願意。」

老婆婆道：「你真的已厭倦了人世？」

丁鵬道：「真的。」

老婆婆道：「爲什麼？」

丁鵬道：「我……我在外面，既沒有親人也沒有朋友，就算我死在陰溝裡，也不會有人替我收屍，更不會有人爲我掉一滴眼淚。」

他越說心裡越難受，連聲音都已哽咽。

老婆婆的目光卻漸漸柔和，道：「你替青青挨了那一劍，也是心甘情願的？」

丁鵬道：「我當然是心甘情願的，就算她現在要我替她死，我還是會去死。」

老婆婆道：「爲什麼？」

丁鵬道：「我也不知道是爲了什麼，我只知道，我死了之後，她至少還會爲我流淚。」

老婆婆眼睛裡忽又露出種奇怪的表情，忽然問青青：「你已爲他流過淚？」

青青默默的點了點頭，蒼白的臉上，竟起了陣淡淡的紅暈。

老婆婆看著她，看了很久，又轉過頭，看著丁鵬，也看了很久。

她嚴肅的目光又漸漸變得柔和了，忽然長長嘆了口氣，喃喃道：「這是緣？還是孽？……
這是緣？還是孽？……」

她翻來覆去的說著這兩句話，也不知說了多少遍，顯然她自己也不知道這問題的答案。

她又長長嘆氣，道：「現在你已爲她死過一次，她也爲你流過了眼淚。」

丁鵬道：「可是我……」

老婆婆不讓他開口，忽又大聲道：「你跟我來！」

丁鵬站起來，才發現傷口已包紮，潔白的棉布中透出一陣清靈的藥香。

那一劍本來是絕對致命的，可是現在他非但已經可以站起來，而且並不覺得有什麼痛苦。

他跟著這老婆婆走出了那扇垂著珠簾的小門，又忍不住回過頭。

青青也正在偷偷的看著他，眼睛裡的表情更奇怪，也不知是羞澀，還是喜悅。

外面是個花園，很大很大的一個花園。

圓月高懸，百花盛開，應該在七月裡開的花，這裡都有，而且都開得正艷，不應該在七月裡開的花，這裡也有，也開得正艷。

花叢間的小徑上鋪著晶瑩如玉的圓石，小徑的盡頭，有座小樓。

老婆婆帶著丁鵬上了小樓。

小樓上幽靜而華麗，一個青衣人正背負著雙手，看著牆上掛著的一個條幅癡癡的出神。
條幅上只有七個字，字寫得孤拔挺秀：「小樓一夜聽春雨！」

看到這個青衣人的背影，老婆婆的目光就變得更溫柔。
可是等到這青衣人轉過身來時，丁鵬看見卻吃了一驚。
如果他不是男人，如果不是他年紀比較大些，丁鵬一定會以爲他就是青青。
他的眉，他的眼，他的嘴，他的鼻子，他的神情，簡直和青青完全一樣。
丁鵬在想：「這個人如果不是青青的父親，就一定是青青的大哥。」
他做青青的大哥年紀好像大了些，做青青的父親年紀好像又小了些。
其實丁鵬也看不出他究竟有多大年紀。
這個人的臉色看來也和青青一樣，蒼白得幾乎接近透明。
他看見這老婆婆，並沒有像青青那麼尊敬，只淡淡的笑了笑，道：「怎麼樣？」
老婆婆嘆了口氣，道：「我也不知道應該怎麼樣，還是你做主吧！」
青衣人笑道：「我就知道你一定會把這種事推到我身上來！」
老婆婆也笑了：「我不往你身上推，往誰身上推？」
他們的笑容雖然都是淡淡的，卻又彷彿帶著種濃得化不開的情意。

他們的態度看來既不像母子，更不像祖孫。

這已經使得丁鵬很驚奇。

然後這老婆婆又說了幾句更讓他驚奇的話，她說：「你是青青的爺爺，又是一家之主，這種事本來就應該讓你做主的。」

這青衣人竟是青青的祖父。

他看來最多也只不過將近中年，丁鵬做夢也想不到他和這老婆婆竟是一對夫妻。

青衣人在看著他，好像連他心裡在想什麼都看得清清楚楚，微笑著道：「現在你應該已經知道我們是狐，所以你在這裡無論看見什麼，都不必太驚奇。」

他笑得溫和而愉快：「因爲我們的確有點凡人夢想不到的神通！」

丁鵬也在微笑。

他好像已漸漸習慣和他們相處了，他發覺這些狐並沒有傳說中那麼可怕。

他們雖然是狐，但是他們也有人性，甚至比大多數人都溫和善良。

青衣人對他的態度顯然很滿意，道：「我本來從未想到會把青青嫁給一個凡人，可是你既然已爲她死過一次，她也爲你流過淚。」

他的笑容更溫和：「你要知道，狐是從來不流淚的，狐的眼淚比血更珍貴，她會爲你流淚，就表示她已對你動了真情，你能遇到她，也表示你們之間總是有緣。」

無論是在人間，還是在狐的世界裡，「真情」和「緣份」都是可遇而不可求的。

青衣人道：「所以我也不願意把你們這份情緣拆散。」

老婆婆忽然在旁邊插口：「你已經答應讓青青嫁給他？」

青衣人微笑道：「我答應。」

丁鵬一直沒有開口，因爲他已經完全混亂了。

他從未想到自己會來到一個狐的世界裡，更沒有想到自己會娶一個狐女爲妻。

——一個凡人娶了狐女做妻子，會有什麼樣的結果？

——一個凡人在狐的世界裡是不是能生存下去？

——狐的神通，是不是能幫助這個凡人？

這些問題他也從來沒有想到過，現在也根本無法想像。

他只知道，自己的命運無疑要從此改變了。

不管他將來的命運會變成什麼樣子，他都沒有什麼可埋怨的。

因爲他本來已經是個無路可走，非死不可的人。

還有最重要的一點是，他也相信青青對他的確有了真情。

混亂中，他彷彿聽見青衣人在說：「你做了我們的女婿後，雖然可以享受到很多凡人夢想不到的事，我們這裡雖然一向自由自在，但是我們也有一條禁例！」

「如果你做了我們的女婿，就絕不能再回到凡人的世界中去。」

「就因爲我們知道你已厭倦了人世，所以才會收容你。」

「只要你答應永不違犯我們的禁例，現在你就是我們的女婿。」

在人世間，他已沒有親人，沒有朋友，在人世間，他只有被人侮辱，受人欺凌。

可是這個狐女卻對他有了真情。

「我答應！」丁鵬聽到自己的聲音在說：「我答應。」

老婆婆也笑了，過來擁抱住他：「我們也沒有什麼東西給你，這就算我們給你的訂禮。」

她給他的是一柄彎刀。

青青的彎刀。

青青的彎刀，刀鋒也是青青的，青如遠山，青如春樹，青如情人們眼中的湖水。

青青的彎刀上果然刻著七個字：「小樓一夜聽春雨！」

這裡是個幽谷，幽深的山谷，四面都是高不可攀的絕壁，好像根本沒有出路。

就算有路，也絕不是凡人可以出入的。

這山谷並不大，雖然也有庭園宮室，亭台樓閣，景象雖然和那洞穴的壁畫一樣，卻只不過圖畫中的一角而已。

青青的父母都已去世了。

——狐也會死？

青青有個很乖巧的丫頭，叫喜兒，喜兒喜歡笑，笑起來有兩個很深的酒渦。

——喜兒也是狐？

他們有八個忠心的僕人，頭上都已有了白髮，體力卻還是非常輕健。

——他們都是狐？

山谷裡就只有他們這些人，從來沒有外人的足跡到過這裡。

山谷裡的日子過得舒適而平靜，遠比人世間平靜得多……

現在丁鵬已經習慣了山谷中的生活，也已習慣把那柄彎刀插在腰帶上。

除了睡覺的時候外，他總是把這柄彎刀插在他的腰帶上。

一條用黃金和白玉做成的腰帶。

但是他知道這柄彎刀遠比這條腰帶更珍貴。

在他們新婚的第二天，青青就對他說：「奶奶一定很喜歡你，所以才會把這把刀給你，你一定要特別珍惜！」

他也沒有忘記那天青青在憂愁谷裡，對那神秘的老矮人說的話：「這把刀是絕對看不得的，看過這把刀的人，都已死在這把刀下。」

那個老矮人現在當然也已死在刀下。

——他是人？是鬼？還是狐？

——他怎麼會知道刀上刻著「小樓一夜聽春雨」這七個字？

——這把刀究竟有什麼神秘的來歷？神秘的力量？

這些問題丁鵬並不是沒有問過，青青卻總是很慎重的對他說：「有些事你最好還是不要知道，知道了就一定會有災禍。」

現在他不但已經看過了這把刀，而且已經擁有了這把刀。

他已經應該很滿足。

可是有一天他卻要將這把刀還給青青。

青青很奇怪：「你爲什麼不要這把刀？」

「因爲我要了也沒有用！」丁鵬說：「這把刀在我手裡，簡直和廢鐵一樣。」

「為什麼？」

「因為我根本不會使你們的刀法！」

青青終於明白他的意思。

「如果你要學，我就把刀法教給你！」

其實她並不想把這種刀法傳授給他的，因為她知道凡人學會了這種刀法，並沒有好處。

這種刀法雖然能帶給人無窮的力量，卻也能帶給人不祥和災禍。

但她卻還是把刀法教給了他，因為她從來不願拒絕他，從來沒有讓他失望過。

她雖然是個狐，卻遠比人世間大多數男人的妻子都更賢慧溫柔。

無論誰有了這麼樣一個妻子，都已經應該覺得很滿足。

這種刀法絕非人間所有，這種刀法的變化和威力，也絕不是任何凡人所能夢想得到的。

丁鵬從未想到過自己能練成如此神奇，如此精妙的刀法。

可是現在他已練成了。

在練武這方面，連青青都承認他是個天才。

因為她練這種刀法，都練了七年，可是丁鵬三年就已有成。

山谷裡的生活不但舒適平靜，而且還有四時不謝的香花，隨手可以摘下來的鮮果。

在人世間連看都很難看得到的珍寶，在這裡竟彷彿變得不值一文。

小樓下有個地窖，裡面堆滿了從天竺來的絲綢，從波斯來的寶石，還有各式各樣凡人夢想不到的奇巧珍玩，明珠古玉。

青青不但溫柔美麗，賢慧體貼，對丈夫更是千依百順。

丁鵬應該非常滿足。

但是他卻瘦了。

不但人瘦了，臉色也很憔悴，經常總是沉默寡言，鬱鬱不歡。

而且他還經常做噩夢。

每次他從夢中驚醒時，都會忽然從床上跳起來，帶著一身冷汗跳起來。

青青問過他很多次，他才說：「我夢見了我的父親，他要用自己的一雙手把我活活掐死。」

「他為什麼要把你掐死？」

「他說我不孝，說我沒出息！」丁鵬的表情悲傷而痛苦：「因為我已經把他老人家臨終的遺言都忘得乾乾淨淨。」

「其實你沒有忘！」

「我沒有！」丁鵬說：「其實我時時刻刻都記在心裡。」

「他老人家臨終時要你做什麼？」

丁鵬握緊雙拳，一字字道：「要我出人頭地，爲他爭口氣！」

青青當然明白他的意思。

但是青青卻不知道他做的噩夢並不僅這一種，另一種噩夢更可怕。

他卻不能說出來，也不敢說出來。

他夢見他忽然落在一個狐穴中，他的妻子，他的岳父，他的岳母，都變成了一群狐，把他整個人一片片撕裂，一片片吞噬。

他很想忘記他們是狐，可是他偏偏忘不了。

柔和的珠光，照在青青蒼白美麗的臉上，她面頰上已有了淚光。

「我明白你的意思！」她流著淚道：「我早就知道，遲早總有一天你要走的，你絕對不會在這裡過一輩子，這種日子你遲早總有一天會過不下去！」

丁鵬不能否認。

以他現在的武功，以他現在的刀法，柳若松、鍾展、紅梅、墨竹，實在都已經變得不值一擊。

憑他腰上這一柄刀，要想縱橫江湖，出人頭地，已變成易如反掌的事。

只要一想起這些事，他全身的血都會沸騰。

這不能怪他，他沒有錯。

每個人都有權爲自己的未來奮鬥，無論誰都會這麼想的。

丁鵬黯然道：「只可惜我也知道你的爺爺和奶奶絕不會讓我走！」

青青垂著頭，遲疑著，試探著問道：「你是不是想一個人走？」

丁鵬道：「我當然要帶你走！」

青青的眼睛裡發出了光，用力握住他的手，道：「你肯帶我走？」

丁鵬柔聲道：「我們已經是夫妻，不管我到哪裡去，都會帶著你的！」

青青道：「你說的是真話？」

丁鵬道：「當然是！」

青青咬著嘴唇，終於下了決心：「如果你真的要走，我們就一起走。」

丁鵬道：「怎麼走？」

青青道：「我會想法子。」

她抱住了他：「只要你對我是真心的，就算要我爲你死，我也願意。」

要走，當然要計劃，於是他們就在夜半無人時悄悄商議。

他們最怕的就是青青的祖父。

「他老人家的神通，除了大羅金仙外，天上地下，絕沒有任何人能比得上。」

丁鵬居然不大服氣，因爲他也練成了他們那種神奇的刀法。

青青卻說：「你的刀法在他老人家面前，連一招都使不出來的，他只要一伸手，你就倒下。」

丁鵬不相信，又不能不信。

青青道：「所以我們如果要走，就一定要乘他不在的時候溜走。」

丁鵬道：「他好像從來就沒有出去過！」

青青道：「可是每年七月十五那天晚上，他都會把自己關在他自己的那間小房裡，那幾個時辰裡，無論外面發生了什麼事，他都不會管的！」

丁鵬道：「可是他知道我們走了之後，還是會追。」

青青道：「絕不會！」

丁鵬道：「爲什麼？」

青青道：「因爲他老人家已經立下重誓，絕不走出這山谷一步。」

丁鵬道：「你奶奶好像也很不容易對付。」

青青道：「我倒有法子對付她。」

丁鵬道：「什麼法子？」

青青道：「她老人家看起來雖然很嚴肅，其實心卻比較軟，而且……」

她忽然問了句跟這件事無關的話：「你知不知道我的父母是怎麼會去世的？」

丁鵬不知道。他從來沒有問過，他們也從來沒有提起，那無疑是個秘密，而且充滿了悲傷的回憶。

青青臉上果然已有了悲傷之色，道：「我母親也是個凡人，也跟你一樣，總是希望我父親能帶她離開這裡。」

她輕輕嘆息：「我還沒有滿週歲的時候，她就已去世了，可是我知道她以前不但是江湖中一位極有名的俠女，還是個有名的美人，像這種平淡的生活，她當然過不下去。」

丁鵬道：「你父親不肯帶她走？」

青青道：「我父親雖然答應了她，我爺爺和我奶奶卻堅決不肯，他們走了兩次，都沒有走成，所以我母親……」

她沒有說下去，丁鵬卻已能想像得到。

她的母親若不是因爲心情苦悶，鬱鬱而死，就一定是悄悄的自盡了。

青青道：「我母親去世幾個月之後，我父親也一病不起。」

他們雖然是狐，雖然有神通法力，有些病卻不是任何力量所能救得了的，尤其是心病，因爲內疚和悲痛而引起的心病。

這一點丁鵬也可以想像得到。

青青道：「這件事我奶奶雖然從來不提，可是我知道她心裡一定很難受，到了萬不得已時，我只要提起這件事，她一定會讓我們走的。」

一個垂暮的老人，當然不忍再讓她的孫女夫婦遭受到上一代同樣悲慘的命運。

青青能夠把這種事說出來，就表示她和丁鵬夫妻間也有了和她父母同樣深厚的感情。

丁鵬的眼睛已因興奮而發光，道：「這麼樣看來，我們一定有希望！」

青青道：「可是我們也有問題，最少還有八個問題。」

丁鵬道：「八個問題？」

青青道：「不多不少，正好是八個。」丁鵬終於明白，她說的一定是他們那八個忠心的僕人。

他們一向很少說話，而且始終和丁鵬保持著一段距離。

他們好像從不願接近任何凡人，連他們主子的孫婿都不例外。

他們每個人心裡都彷彿隱藏著很深的痛苦，很大的秘密。

丁鵬道：「難道他們也很不好對付？」

青青道：「你千萬不要看輕他們，就算他們沒有我爺爺那種神通，只憑他們的武功，如果到人世間去也絕對是江湖中的頂尖高手。」

她又道：「我知道江湖中有很多成名的俠士和劍客，我也看過幾個，卻沒有一個能比得上他們的。」

丁鵬道：「你看見過誰？」

青青道：「你說的紅梅和墨竹，我就全都看見過。」

丁鵬道：「這兩人也比不上他們？」

青青道：「他們之中無論哪一個，都可以在十招之內將這兩人擊敗。」

丁鵬皺起了眉。

紅梅和墨竹無疑都是江湖中的一流高手，如果說有人能在十招內將這兩人擊敗，實在是件不可思議的事，誰也不會相信。

可是丁鵬相信。

青青道：「幸好每年七月十五那一天，他們都會喝很多酒。」

丁鵬道：「會不會喝醉？」

青青道：「有時醉，有時不醉，他們的酒量都非常好。」

她笑了笑，道：「可是我恰巧知道有種酒，不管酒量多好的人喝下去，都非醉不可。」

丁鵬道：「你也恰巧能找得到這種酒？」

青青道：「我能找得到。」

丁鵬的眼睛又亮了：「今天是什麼日子？」

青青道：「六月三十。」

再過半個月，就是七月十五，再過半個月，丁鵬就已到這裡來了整整四年。

丁鵬忍不住嘆息：「日子過得真快，想不到一轉眼間，四年就已過去，想不到我又活了四年。」

青青輕輕的撫摸他的臉，柔聲道：「你還會活下去的，還不知要活多少個四年，因爲我活著，你就不能死，你活著，我也不能死，有了你才有我，有了我就有你。」

五　又是圓月

七月十五，晴。

月夜，圓月。

丁鵬絕對信任青青。

如果青青說，有種酒無論酒量多好的人喝下去都非醉不可，他就絕對相信：無論誰喝下這種酒都非醉不可。

他相信這八個沉默而忠心的老人一定會醉，他們果然醉了。

可是他實在沒想到第一個醉的，竟是青青的祖母。

今天她看來也有心事，心事比誰都重，所以她也跟他們一起喝，喝得比誰都快，比誰都多。

所以她先醉了。

他們卻還在喝，你一杯，我一碗，一句話都不說，不停的喝。

他們好像決心要喝醉才停。

人。

這樣子喝法，就算他們喝的不是這種酒，也一樣非醉不可。

現在他們都已醉了。

小樓旁邊這間雖然比宮殿小些，佈置得卻比宮殿更華麗的花廳，已經只剩下兩個清醒的人。

這山谷裡也已經只有他們兩個清醒。

丁鵬看看青青，青青看看丁鵬，丁鵬的眼睛裡充滿喜悅和興奮。

青青眼睛裡的表情卻很複雜。

這裡是她的家，她已在這裡生了根，這裡都是她的親人。

現在她要走了，到一個完全陌生的世界中去，永遠不會再回來，也不能再回來。

她的心當然很亂。

她當然不能像丁鵬這樣說走就走。

丁鵬忽然嘆了口氣，道：「我知道你心裡在想什麼，我也知道你一定不捨得離開這裡。」

青青勉強笑了笑，道：「我的確有點捨不得離開這地方，可是我更捨不得離開你。」

丁鵬當然不會勸她留下來。

就算他本來有這意思，也不會說出口。

青青凝視著他，道：「你是不是真的願意帶我走？」

丁鵬道：「當然是真的。」

青青道：「如果你改變了主意，現在還來得及，我可以讓你一個人走。」

丁鵬道：「我說過，我到哪裡去，你就到哪裡去，有我就有你！」

青青道：「你不後悔？」

丁鵬道：「我爲什麼要後悔？」

青青終於笑了，她的笑容雖然帶著離愁，卻又充滿柔情蜜意。

一個女性，所要求的就是這麼樣一個可以終生倚靠，終生廝守的人。

無論她是女人，還是女狐，都是一樣的。

可是臨走之前，她還是忍不住要去看看她那雖然嚴厲，卻又慈祥的老奶奶。

她忍不住跪下來，在她那滿佈皺紋的臉上親了親。

這一別很可能就已成永訣，連丁鵬心裡都彷彿有點酸酸的，卻又忍不住道：「如果我們要走，最好還是快走，免得他們醒來……」

青青道：「他們絕不會醒。」

她站起來：「這酒是用我爺爺的秘方釀成的，就算神仙喝下去，也得要過六個時辰之後才會醒。」

丁鵬鬆了口氣，道：「如果有六個時辰就夠了。」

他的話剛說完，忽然聽見一個人大笑道：「不錯，六個時辰已經足夠了。」

人人都會笑。

天天都有人在笑，處處都有人在笑。

可是丁鵬卻從來沒有聽見過這樣的笑聲，他甚至連想都沒有想到過世上會有這樣的笑聲。

笑聲高亢而宏亮，就像是幾千幾百個人同時在笑。

笑聲忽然在東，忽然在西，就好像四面八方都有人在笑。

但這笑聲卻又偏偏是一個人發出來的，絕對只有一個人。

因爲丁鵬已經看見了這個人。

一個極瘦，極黑，看來就像是個風乾黑棗的黑袍老人。

門口本來沒有人，絕對沒有人。

可是這黑袍老人此刻卻彷彿就站在門口。

丁鵬既不是瞎子，眼睛也不花，卻偏偏沒有看見這老人是幾時出現的？更沒有看見他是從什麼地方出現的？

忽然間，他就已經站在那裡。

他的笑聲還沒有停，桌上的杯盤碗盞，都被震得「叮叮」的響，有些竟已被震碎。

丁鵬不但耳朵被震得發麻，連頭腦都似已將被震裂。

只要能讓這老人的笑聲停止，無論叫他幹什麼，他都願意。

他從未想到一個人的笑聲竟會有這麼可怕的威力。

青青的臉色蒼白，眼睛裡也充滿驚懼，忽然道：「你笑什麼？」

她的聲音雖尖細，卻像是一根針，從笑聲中穿了出去。

黑袍老人大笑道：「這八條小狐狸都有兩手，這條母狐狸更不是省油的燈，我要一個個把他們全都擺平，還不太容易，想不到居然有人先替我把他們擺平了，倒省了我不少事。」

青青的臉色變了，厲聲道：「你是誰？想來幹什麼？」

黑袍老人的笑聲終於停止，冷冷道：「我要來剝你們的狐皮，替我的孫子做件外衣。」

青青冷笑，忽然出手，拔出了丁鵬斜插在腰帶上的彎刀。

青青的刀光，彎彎的，開始時彷彿一鉤新月，忽然間就變成了一道飛虹。

丁鵬知道這一刀的威力，他相信世上絕沒有任何人能接得住這一刀。

可惜他錯了。

老人的長袍捲出，就像是一朵烏雲，忽然間就已將這道飛虹捲住。

青青凌空翻身，被震得飛出了三丈，落下時身子已站不穩。

黑袍老人冷笑，道：「就憑你這小狐狸的這點道行，還差得遠。」

青青臉色慘變，一步步向後退。後面還有道門。

黑袍老人冷冷道：「你是不是想去找那老狐狸來？你難道忘了，七月十五，月圓子正，陰陽交泰，正是他練功最吃緊的時候，就算我當著他面前剝你的皮，他也不敢動的，否則只要一走火入魔，就萬劫不復了。」

青青沒有忘。她的臉已全無血色。

她知道他們已逃不過這一劫。

黑袍老人忽然轉身，盯著丁鵬，道：「你是人，不是狐。」

丁鵬不能否認。

黑袍老人道：「我只殺狐，不殺人。」

他揮了揮手：「你走吧，最好快走，莫等我改變了主意。」

丁鵬怔住。他實在想不到這老人居然肯放過他。

他是人，不是狐，這是狐劫，本來就跟他沒什麼關係。

現在他還年輕，他學會的武功已足夠縱橫江湖，傲視武林。

只要他能回到人間去，立刻就能夠揚眉吐氣，出人頭地。

現在這老人既然已放過他，他當然要走的。

黑袍老人冷冷道：「你爲什麼還不走？你是不是也想陪他們一起死？」

丁鵬忽然大聲道：「是的。」

他忽然一個箭步竄過去，擋在青青面前：「如果你要殺她，就得先殺了我。」

青青整個人都已軟了，因爲她整個人都彷彿已溶化，和丁鵬溶爲了一體。

她看著他，也不知是要哭？還是要笑？

她的心裡充滿了喜悅，驚奇，感激，還有一份濃得化不開的柔情。

她的眼淚又流下：「你真的願意跟我死在一起？」

「我說過，有我就有你，不管你到哪裡去，我都陪著你。」

黑袍老人道：「你真的要陪她死？」

丁鵬道：「真的！」

黑袍老人冷冷道：「你要死還不容易！」

丁鵬道：「只怕也不太容易。」

他撲了過去，用盡所有的力量，向這黑袍老人撲了過去。

他已不是四年前的丁鵬。

他的身法輕妙神奇，他的出手準確迅速，他的武功已絕不在武林中任何一位名家之下。

這老人無論是人?是鬼?是狐?要殺他都絕不是件容易事。

可惜他又錯了。

他的身子剛撲起，就看見一朵烏雲迎面飛來，他想閃避，卻閃不開。

然後他就又落入了黑暗中，無邊無際的黑暗，彷彿永無止境。

黑暗中忽然有了光，月光。圓月。

丁鵬睜開眼，就看見了一輪冰盤般的圓月，也看見了青青那雙比月光更溫柔的眼睛。

無論是在天上?還是在地下?都不會有第二雙這麼溫柔的眼睛。

青青還在他身畔。

無論他是死是活?無論他是在天上?還是在地下?青青都仍然在他身畔。

青青的眼睛裡還有淚光。

這眼睛，這圓月，這情景，都幾乎和丁鵬上次死在那金袍金鬍子的矮老人劍下後，又醒過來時完全一樣。

可是上次他並沒有死。

這次呢?

這次他也沒有死。非但他沒有死，青青也沒有死，那個可怕的黑袍老人爲什麼放過了他們？

是不是因爲他們的真情？他們的癡？

丁鵬道：「我真的沒有死？」

青青道：「我還活著，你怎麼會死？你若死了，我怎麼會還活著？」

她的眼中含著淚，卻是歡喜的淚：「只要我們在一起，我們就不會死，我們生生世世都會在一起。」

丁鵬道：「可是我想不通！」

青青道：「什麼事你想不通？」

丁鵬道：「我想不通那個穿著黑袍的老怪物怎麼會放過我們？」

青青笑了。她的笑臉上閃動著淚光，淚光中映著她的笑靨，道：「因爲那個老怪物，並不是個真的老怪物。」

丁鵬道：「他是誰？」

青青道：「他就是我的爺爺。」

丁鵬更想不通了。

青青道：「我爺爺知道你遲早一定是會想走的，我們的一舉一動他都知道，所以，他和我奶奶打了個賭。」

丁鵬道：「他們賭什麼？」

青青道：「如果你真的對我好，如果你還肯爲我死，他就讓我們走。」

她沒有說下去，也不必再說下去。

那件事只不過是個考驗，考驗丁鵬是不是真的對青青有真情？

如果丁鵬在危難中拋下了她，那麼丁鵬現在無疑已是個死人。

青青握住了他的手。

丁鵬的手裡有汗，冷汗。

青青柔聲道：「現在他們才相信，你並沒有騙我，不管你到哪裡去，都不會拋下我，所以他們才讓我跟你走！」

丁鵬揉揉眼睛，道：「這裡是什麼地方？」

青青道：「這裡是人間。」

丁鵬道：「我們真的已回到人間來了？」

青青道：「真的！」

丁鵬第一次發覺人間竟是如此美麗，如此可愛。

他本來已厭倦了人世，已經不想再活下去，現在他才發覺，生命竟是如此美好，一個人只要能活著，就已經是件値得慶幸的事。

圓月已淡了。

黑暗的蒼穹，已經漸漸被曙色染白，遠處已漸漸有了人聲。

嬰兒的啼哭聲，母親的呵責聲，水桶吊入深井時提水的聲音，鍋鏟在鐵鍋裡炒動的聲音，妻子逼著丈夫起床去種田的聲音，丈夫在床下找鞋子的聲音，年輕夫妻恩愛的聲音，老年夫妻鬥嘴的聲音，還有雞鳴聲，狗吠聲……

這些聲音裡都充滿了生命的躍動，都充滿了人類的愛。

這些聲音丁鵬有的能聽見，有的聽不見，耳朵雖然聽不見，心裡卻已有了呼應。

因爲這些聲音本來就是他所熟悉的。

在他的家鄉，在那小小的，淳樸的鄉村，當他早上起來還要他母親爲他穿衣服的時候，他就開始聽到這些聲音。

丁鵬忽然道：「我一定要先去看看我的娘。」

就在他說出這句話的這一瞬間，他忽然又想到一件不該想的事。

——她是狐。

——他怎麼能帶一個狐妻，去見他那年老而固執的母親。

——可是他又怎麼能不帶她去？

青青已垂下頭。她的確有種遠比常人敏銳的觀察力，她顯然已覺察到他心裡在想什麼。

她輕輕的問：「你能不能帶我去？」

丁鵬道：「我一定要帶你去。」

想到她對他的真情，想到她爲他所作的犧牲，他忍不住擁抱住她，道：「我說過，不管我到哪裡去，都一定帶著你。」

青青抬起頭，看著他，眼睛裡充滿了感激和柔情：「我當然要去見你的母親，可是我不想再見別的人了，以後不管你要去跟什麼人相見，我最好都不要露面。」

丁鵬道：「爲什麼？」

青青勉強笑了笑，道：「你應該知道是爲了什麼？」

丁鵬道：「可是別人絕不會看出你……」

青青道：「我知道別人絕不會看出我是狐，可是……不管怎麼樣，我總是狐，能夠不和凡人見面，還是不要見面的好。」

她彷彿還有苦衷，她驟然來到這個完全陌生的世界裡，當然難免有苦衷。

丁鵬握住她的手，柔聲道：「只要是你不願做的事，我絕不會勉強你。」

青青笑了笑，道：「但是有時候我卻一定要勉強你，而且一定要你聽我的。」

她不讓丁鵬開口，又問道：「去見過你母親後，你準備做什麼？」

丁鵬沒有回答。

他的血已熱了，他充滿了雄心，有很多事他都要去做。

青青道：「我知道你要去做什麼，你不但要出人頭地，還要出氣！」

丁鵬承認。

他受的冤枉一定要洗清，他受的侮辱一定要報復，這些事他從未有一天忘記。

青青道：「我們臨走的時候，我爺爺再三關照我，如果你想成名，想復仇，有幾件事你一定要牢牢記住。」

丁鵬道：「什麼事？你說！」

青青道：「不到萬不得已時，你千萬不能出手，對方如果是個不值得你出手的人，你也千萬不能夠出手。」

她又補充：「你第一次出手，一定要謹慎選擇一個很好的對象，你只要能擊敗他，就可以名動江湖，那麼你就不必要再去跟別人結仇！」

她再解釋：「因爲我爺爺說，不管你的武功多高，名氣多大，如果你的仇家太多，遲早總有一天還是會被人逼上絕路。」

丁鵬道：「我明白他老人家的意思，我一定會照他的話做。」

青青道：「所以你出手不能太無情，更不能趕盡殺絕！」

她說得很謹慎：「如果你要別人真心尊敬你，就一定要替別人留下一條路走！」

丁鵬道：「我懂！」

青青道：「還有一件事更重要！」

丁鵬道：「什麼事？」

青青的彎刀還在他腰上。

青青道：「這是我奶奶給你的，所以我爺爺還是讓你帶了出來，可是你不到萬不得已時，絕不能用這把刀！」

她的神情更慎重：「如果你要用這把刀，就一定要讓對方死在這把刀下，只要刀一出鞘，就絕不能留下對方的活口。」

丁鵬道：「如果對方不是我一定要殺的人，如果對方還沒有把我逼上絕路，我就不能用這把刀？」

青青道：「你絕不能用！」

她又笑了笑，道：「但是你可以放心，以你現在的武功，無論你用什麼刀都已必將無敵於天下！」

這時旭日升起，陽光正照耀著人間的錦綉大地。

十月小陽春。

晨。

柳若松推開窗子，窗外陽光燦爛，空氣新鮮，今天無疑又是個大晴天。

他是屬狗的，今年已四十七，臉上卻還是看不出有什麼皺紋。

體力也總是能保持著壯年人的巔峰狀況，不但對女人還有興趣，女人對他也有興趣。

他富有，健康，英俊，近年來在江湖中的俠名更盛，已經常常有人稱他為「大俠」，無論認不認得他的人，都對他十分尊敬。

他的朋友極多，身分，財富，名聲，雖然不如他，卻也能和他相配，每當春秋佳日，總會來跟他共度一段快樂的時光。

他的行跡所至之處，永遠都非常受人歡迎。

他相信如果武當派能夠讓一個俗家弟子做掌門人，一定非他莫屬。

這本來只不過是個幻想，但是現在卻已有了實現的可能。

他的萬松山莊地勢開闊，景物絕佳，是江湖中有名的莊院。

他的妻子也是江湖中有名的美人，而且聰明能幹。

他們夫妻間的感情一直很好，如果他有困難，無論什麼事他的妻子都會爲他去做。

只要是一個男人能夠有的，他已經全都有了，連他自己都已覺得很滿意。

可是最近卻有件事讓他覺得不太愉快。

他住的這間屋子在萬松山莊的最高處，只要他推開窗子，就會看見對面一片青綠的山坡，佳木蔥蘢，綠草如茵，卻看不見人。

每當這時候，他就會覺得有種「天上地下，唯我獨尊」的豪情，就算心裡有些不稱心的事，也會忘得一乾二淨。

想不到，這片山坡上最近卻在大興土木。

每天一清早，對面山坡上就開始敲敲打打，不但打破了他的寧靜，吵得他整日不安，而且還侵犯了他的自尊。

因爲對面這片山坡上蓋的宅院，規模顯然比他的萬松山莊更大。

兩河一帶，關中陝北，甚至連江南那邊有名的土木工匠、雕花師傅，都被請到這裡來了。

建造這宅院所動員的人力，竟比昔年建造萬松山莊時多出了二十倍。

人多好做事，蓋房子當然也蓋得快。

柳若松每天早上推開窗子一看，都會發現對面山莊上不是多了一座亭台，就是多了一座樓閣，不是多了一個池塘，就是多了一片花林。

如果他不是親眼看見，簡直要認爲那是奇蹟出現。

監督建造這莊院的總管姓雷，是京城「樣子雷」家的二掌櫃。

在土木建造這一行中，歷史最悠久，享譽最隆的就是京城雷家，連皇宮內院都是由雷家負責建造的。

據雷總管說，投資建造這座莊院的，是一位「丁公子」。

丁公子已決定要在十二月十五那一天，在新舍中宴客。

所以這座莊院一定要在十二月中旬以前，全部建造完工。

只要能在限期內完工，他不惜任何代價，不管花多少錢都沒關係。

他已經在京城的四大錢莊都開了帳戶，只要雷總管打條子，隨時提現。

雷總管是見過世面的人，但是他卻說：「這位丁公子的豪闊，連我都從來沒見過。」

這位丁公子究竟是個什麼樣的人？是什麼來歷？怎麼會有這麼大的氣派？這麼大的手筆？

柳若松已忍不住動了好奇心。

他一定要把這位丁公子的來歷和底細，連根都刨出來。

他決定要做的事，就一定要做到。

他已經將這件事交給他的夫人去做，柳夫人從來沒有讓他失望過。

柳夫人未出嫁時的閨名叫可情。

——不是可笑，是可情。

——秦可情。

柳夫人也是屬狗的，比柳若松整整小十二歲，今年已三十五。

但是就算最有眼力的人，也絕對沒法子看出她的真實年紀。

她的腰肢仍然纖細柔軟，皮膚仍然柔滑光潤，小腹仍然平坦，臉面絕沒有一絲皺紋。

她甚至比她剛剛嫁給柳若松的時候更迷人，更有魅力。

就連最嫉妒她的人都不能不承認，她實在是個人間少見的尤物。

只有曾經跟她同床共枕過的男人，才能真正瞭解「尤物」這兩個字是什麼意思。

直到現在，柳若松想起他們新婚時的旖旎風光，想起她給他的那種欲仙欲死的享受，世上絕沒有第二個女人能比得上她。

可是歲月無情，柳若松畢竟已漸漸老了，漸漸已有力不從心的感覺。

他甚至已經開始有點害怕。

求。

就正如大多數中年後的丈夫，都會有點怕老婆一樣，因爲他們已漸漸不能滿足妻子的要求。

現在他們已分房很多年了，但是他們夫妻間卻仍然保持著極深的感情。

一種非常深厚，又非常微妙的感情。

柳夫人時常都會一個人出走，他從來不過問她的行蹤。

因爲他知道他的妻子是個尤物，他也相信他的妻子絕不會背叛他。

只要她不背叛他，他爲什麼不能讓她有一點點完全屬於生理上的享受？

他常說自己是個非常非常「看得開的人」，也許就因爲這緣故，所以他們的感情才會維持到現在。

也只有像他這麼看得開的男人，才能娶「尤物」做妻子。

一個男人如果娶到一個「尤物」做妻子，那滋味並不十分好受。

正午。

陽光照滿窗戶，柳夫人在窗下的一張梨花椅上坐下來，用一塊羅帕擦汗。

雖然已經是十月底了，天氣還是很熱。

柳夫人不但怕冷，也怕熱，因爲她從來都沒有吃過一點苦。

有些女人好像天生就不會吃苦的，因爲她們遠比別的女人聰明美麗。

她解開衣襟，露出美好如玉般白膩的酥胸，輕輕的喘息著。

柳若松勉強控制著自己，不去看她。

在一些年輕的小姑娘面前，他還是極有男子氣概，還是可以讓她們婉轉嬌啼，可是遇到他的妻子，他就會潰不成軍。

所以他只有控制自己，免得再有一次「慘敗」的經驗。

柳夫人笑了，吃吃的笑道：「難道我上次替你從關東帶回來的虎鞭也沒有用？」

柳若松裝作沒聽見。

虎鞭並不是沒有用，只不過對她沒有用而已。

他轉開話題，問道：「你是不是已經查出了那位公子的來歷？」

柳夫人道：「嗯。」

柳若松道：「他是什麼人？」

柳夫人道：「他是我們的一個熟人，可是你絕對猜不出他是誰的。」

她的眼睛裡發著光，好像又想起了一樣令她興奮的事。

柳若松道：「他是誰？」

柳夫人道：「他叫丁鵬。」

柳若松失聲道：「丁鵬？就是那個丁鵬？」

柳夫人道：「就是他……」

柳若松臉色變了。他當然不會忘記「丁鵬」這個人，更不會忘記那一著「天外流星」。

他也不是不知道他的妻子是用什麼方法把這一著「天外流星」騙來的。

柳夫人顯得如此興奮，當然有她的原因。

雖然他一向認爲她付出的代價很值得，現在心裡卻還是有點酸酸的。他淡淡道：「想不到他居然還沒有死，你是不是很高興？」

柳夫人沉下了臉冷笑道：「我高興什麼？他最恨的並不是你，是我。」

柳若松嘆了口氣，道：「他既然還沒有死，遲早總會來找我們的，但是我實在想不到，一個像他那樣的窮小子，怎麼會忽然變成如此豪闊？」

柳夫人冷冷道：「大難不死必有後福，那次他居然能逃走，我們居然找不到，就表示這小子有造化，有造化的人，就算走在路上，也會撿著大元寶。」

這是氣話。

一個女人生氣的時候，最好不理她。

聰明的男人都知道這法子，柳若松是個聰明的男人。他閉上了嘴。

到最後先開口的當然還是女人，女人總是比較沉不住氣的。

柳夫人終於忍不住道：「他既然要來找我們算帳，爲什麼不爽爽快快的找上門來，爲什麼要在我們對面去蓋那樣一座大宅院，他究竟在打什麼主意？」

柳若松道：「人心隔肚皮，一個活人心裡在打什麼主意，別人永遠猜不透的。」

柳夫人眼睛又亮了，立刻問道：「如果這個活人忽然死了呢？」

柳若松微笑道：「一個人如果死了，就什麼主意都沒有了。」

柳夫人也嘆了口氣，道：「只可惜他不會死的，他既然能活到現在，要他死就不大容易。」

柳若松道：「雖然不太容易，也不太難。」

柳夫人道：「哦！」

柳若松道：「從那次事到現在才四年，一個人如果運氣特別好，在四年之中，可能會發橫財。」他微笑接道：「但是武功就不一樣了，武功是要一天天用苦功練成的，絕不會像大元寶一樣，絕不會從天上掉下來。」

柳夫人道：「他不敢上門來找我們，就因爲他雖然發了財，武功卻還是跟以前差不多。」

柳若松道：「以他的武功，就算遇到名師，就算再苦練十年，也絕不是小宋的對手。」

柳夫人道：「小宋？你說的是宋中。」

柳若松笑了笑，道：「姓宋名中，一劍送終，除了他還有誰。」

柳夫人端起了擺在旁邊茶几上的一碗蓮子湯，慢慢的啜了幾口，悠悠的說：「這個人我倒認得。」

柳若松道：「我知道你認得。」

柳夫人道：「你好像也認得的。」

柳若松道：「我認得沒有用，你認得才有用。」

柳夫人道：「哦？」

柳若松道：「因爲他只聽你的話，你要他往東，他絕不敢往西。」

柳夫人道：「你的意思是說，我要他殺人，他也會去？」

柳若松微笑道：「你要他殺一個人，他絕不敢殺兩個，你要他去殺張三，他絕不敢去殺李四。」

柳夫人道：「如果我要他去殺丁鵬，丁鵬就什麼主意都沒有了。」

柳若松拊掌道：「一點也不錯。」

柳夫人忽然嘆了口氣，道：「只可惜這兩年他太出風頭了，已經變得又驕又狂，怎麼會聽我這麼樣一個老太婆的話。」

柳若松笑道：「這兩年我出的風頭也不小，連我都要聽你這老太婆的話，他怎麼不敢不聽？」

柳夫人慢慢的放下了蓮子湯，用兩根春蔥般的手指，拈起了一粒蜜餞，送進比櫻桃還小，比蜜還甜的小嘴裡，用一排雪白的牙齒輕輕咬住，「咯」的一聲，咬成了兩半。

然後她又用眼角瞟著柳若松，輕輕的問道：「他真的聽話？」

她的眼睛裡又發出了光，熾熱的光。

她的牙齒雪白，嘴唇鮮紅。

她整個人看來就像是個熟透了的櫻桃，等著人去採擷。

柳若松在心裡嘆了口氣，知道自己這下子又完了……

柳若松躺在他那張特製的軟榻上，滿身大汗，連動都已不能動。

他從十月初就開始養精蓄銳，及時進補，一連吃了兩條虎鞭，好幾付黃教大喇嘛秘方配製的神丹，爲的本來是準備要對付一個他的好朋友特地花了好幾千兩銀子從江南樂戶買來送給他的清倌人。

他準備好好的「對付」她幾天，讓她知道他還沒有老。

可是這下子全都完了。

柳夫人看來卻更嬌艷，就像是一朵已經過雨露滋潤的鮮花。

她正在看著他媚笑。

她一定早就算準了這兩天他「進補」已經進得差不多到了時候。

她笑得愉快極了，得意極了。

柳若松也只好陪著她笑，苦笑：「現在你總該知道我是不是真的聽話了。」

柳夫人媚笑道：「聽話的人，總有好處的。」

她忽然問：「你想不想知道那位丁鵬丁公子這兩天在哪裡？」

柳若松道：「想。」

柳夫人道：「這兩天他正在遊西湖，就住在賈似道以前住的半閒堂，紅梅閣裡。」

柳若松道：「這位丁公子的氣派倒真不小。」

賈似道是南宋的權相，權傾朝野，富甲天下，大宋的江山，至少有一半是算送在他手裡的，他那半閒堂的豪闊，可想而知。

柳若松道：「你當然也不會不知道小宋這兩天在哪裡？」

柳夫人道：「你想見他？」

柳若松道：「很想。」

柳夫人又嘆了口氣，道：「你爲什麼不早說，如果我早知道你想見他，就把他帶來了。」

柳若松道：「現在呢？」

柳夫人道：「現在要找他只怕已很不容易。」

柳若松道：「爲什麼？」

柳夫人道：「因爲我已經叫他到一個很遠很遠的地方去了。」

柳若松道：「這個很遠很遠的地方，究竟是什麼地方？」

柳夫人道：「杭州，西湖，紅梅閣，半閒堂。」

柳若松笑了，道：「我雖然是個活人，可是我心裡會打什麼主意，用不著等我說出來，你也能猜得到的。」

柳夫人用一排雪白的牙齒輕輕咬著櫻桃般的紅唇：「你真的是個活人？」

她的眼睛裡又發出了光，熾熱的光。

柳若松趕緊搖頭，苦笑道：「我已經死了，就算還沒有完全死，最多也只剩下了半條命。」

宋中斜倚在馬車裡，彷彿已睡著。

馬車走得很平穩，車輪，車板，車軸，車廂，都是經過精心設計，特別製造的，拉車的馬也經過良好的訓練。

車廂裡寬大而舒服，因爲宋中每當殺人前，一定要保留體力。

只有一輛平穩而舒服的馬車，才能使他的體力不致於消耗在路途上。

所以柳夫人替他準備了這輛馬車。

她對他簡直比一個母親對兒子還要體貼關心。

宋中的母親在他很小的時候就已去世了。

他有數年不知道他的父親是誰，也從來不願提起他的母親。

如果有人用這件事來恥笑他，侮辱他，得到的通常都是一劍。

姓宋名中，一劍送終。

宋中並不喜歡殺人，可是他非殺人不可，無論他要聲名，要財富，要女人，都一定非殺人不可。

這些都是他渴望的，他只有用這方法來得到他渴望的一切。

他最渴望的既不是聲名，也不是財富，而是一個女人，一個屬於別人的女人。

他明明知道她是別人的妻子，可是他已經完全沉迷，完全不能控制自己。

她的媚笑，她的眼波，她的肉體，就像是一道道打不開的枷鎖，把他鎖住了。

如果她要他去殺兩個人，他絕不敢只殺一個，如果她要他去殺張三，他絕不敢去殺李四。

慾望，就像一個沒有底的洞，他已經深深的陷了進去。

他能殺人！

因爲他心裡沒有愛，只有恨，因爲他活到現在，從來都不知道「愛」的意義。

他能殺人！

因爲，他的確付出過代價，的確苦練過，看過他出手的人都認爲他出手的快與準，幾乎已不在「荆無命」之下。

鍾展也看過他出手，就連鍾展都認爲他拔劍的動作，已經可以比得上荆無命。

荆無命是昔年名動天下的劍客，是和「阿飛」齊名的劍客，是「金錢幫」中，僅次於「上官金虹」的第二位高手。

荆無命無情，也無命，不但將別人的性命看得輕賤如草，對自己的性命也同樣輕賤。

宋中也一樣。

據說他每次出手時都是不要命的，不要別人留下性命，也不要自己的命。

江湖中成名最快的人，通常就是這種不要命的人。

所以他成名了。

——姓宋名中，一劍送終。

在他殺了河西大豪呂正剛之後，江湖中不知道這八個字的人已很少。

呂正剛雄踞河西二十年，金刀鐵掌，威振八方，可是他一招就殺了呂正剛。

現在他要殺的人是丁鵬。

他不認得丁鵬，他從未見過這個人，也從未聽過這個名字。

可是他要殺丁鵬，因爲她要他殺丁鵬。

他相信自己絕對有把握殺死這個人，他對自己的劍絕對有信心。

這柄劍已經殺過很多比丁鵬更有名的人，在他眼中看來，丁鵬等於已經是個死人。

六 借刀

宋中已經是個死人。

宋中雖然還沒有死，卻已等於是個死人。

柳若松看見他的時候，覺得很驚訝，柳夫人看見他的時候，也覺得很驚訝。

無論誰都看得出他已變了，冷酷而驕傲的宋中，忽然變得憔悴而遲鈍。

本來滴酒不沾的宋中，現在居然在找酒喝，找到了一杯酒，立刻就一飲而盡。

等他喝了三杯下去，柳若松才微笑道：「這次你一定辛苦了，我再敬你一杯。」

他對宋中還是很有信心，他相信這次任務一定已圓滿完成。

柳夫人也微笑道：「我要敬你三杯，因爲你以前從來不喝酒的。」

她對他更有信心，她親眼看見過他殺人。

他殺人不但乾淨俐落，而且從未失手過，他的出手不但準確迅速，而且動作優美。

她至今猶未看見過第二個殺手比得上他。

宋中在喝酒，不停的喝，他以前不喝酒，並不是因爲不能喝，而是不願喝。

一個殺人的人，手一定要穩，如果喝多了酒，手一定不會穩。

他看見過很多酒鬼手抖得連酒杯都拿不穩的樣子。

他一直在奇怪，他們爲什麼還要喝？他覺得他們不但可憐，而且可笑。

可是現在他已經知道那些酒鬼爲什麼會變成酒鬼了。

現在他還沒有醉，但是像他這種喝法，遲早總是要醉的。

柳若松終於問到了正題：「最近西湖的秋色正好，你是不是已經到那裡去過了？」

宋中道：「我去過！」

柳若松微笑道：「秋高氣爽，湖畔試劍，你此行想必愉快得很。」

宋中道：「不愉快。」

柳夫人道：「可是我記得你好像說過，秋高氣爽，正是殺人的好天氣，名湖勝景，也正是殺人的好地方，天時地利，快意殺人，豈非是件很愉快的事。」

宋中道：「不愉快。」

柳夫人道：「爲什麼？」

宋中道：「因爲我要殺的那個人，是殺不得的。」

柳夫人道：「丁鵬是個殺不得的人？」

宋中道：「絕對殺不得。」

柳夫人又問：「爲什麼？」

宋中道：「因爲我還不想死！」

他又喝一兩杯，忽然用力一拍桌子，大聲道：「我只有一條命，我爲什麼要死。」

柳若松皺了皺眉，柳夫人道：「顯然你已試過，難道你不是丁鵬的對手？」

宋中道：「我不必試，也不能試，我只要一出手，現在就已是個死人。」

柳夫人看看柳若松，柳若松在看著自己的手。

柳夫人忽然笑了：「我不信，以你的劍法，以你的脾氣，怎麼會怕別人？」

宋中冷笑道：「我幾時怕過別人，誰我都不怕。」

又乾了幾杯後，他的豪氣又生，大聲道：「若不是有那四個人在，不管丁鵬有多大本事，我都要他死在我的劍下。」

柳夫人道：「有哪四個人在？」

宋中道：「孫伏虎，林祥熊，南宮華樹，鍾展。」

柳若松的臉色變了，大多數人聽見這四個人的名字，臉色都會變的。

宋中卻偏偏還要問：「你也知道他們？」

柳若松嘆了口氣，苦笑道：「不知道他們的人，恐怕還沒有幾個。」

江湖中不知道他們的人確實不多。

孫伏虎是南宗少林的俗家大弟子，以天生的神力，練少林的伏虎神拳。

他不但能伏虎，而且還能伏人，隱然已是嶺南一帶的武林領袖。

林祥熊是孫伏虎的結義兄弟，一身鋼筋鐵骨，做人卻八面玲瓏。

五年前，江南六省八大鏢局聯營，一致公推他為第一任總鏢頭。江南武林，黑白兩道的朋友，連一個反對的人都沒有。

南宮華樹的門第更高。

南宮世家近年來雖然已漸沒落，但是百足之蟲，死而不僵，他的武功和氣派，仍不是一般人們能比得上的。

至於「風雲劍客」鍾展，更是遠在二十年前就已名滿江湖了。

柳夫人道：「他們都在西湖？」

宋中道：「不但都在西湖，而且都在半閒堂，紅梅閣。」

他又喝酒：「我去了五天，他們好像時時刻刻都在那位丁公子左右。」

柳夫人也嘆了口氣，道：「士別三日，真是應該刮目相看，想不到丁鵬居然能請得到他們四位這樣的貴客。」

宋中道：「他們不是他的貴客。」

柳夫人道：「他們不是？」

宋中道：「他們最多也只不過是他的保鏢。」

他冷笑：「看他們的樣子，簡直好像隨時都會跪下去吻他的腳。」

柳夫人不說話了。

她又看了看柳若松，柳若松已經沒有看著自己的手。他在看著宋中的手。

宋中的手握得很緊很緊，指甲都已握得發白，就好像手裡在握著一柄看不見的劍，正在面對著一個看不見的對手。

一個他自己也知道絕不是他能擊敗的對手。

柳若松忽然道：「如果我是你，如果我看見他們四位在，我也絕不敢出手的。」

宋中道：「你當然不敢。」

柳若松道：「這並不是件很丟人的事。」

宋中道：「本來就不是。」

柳若松道：「但是你卻好像覺得很丟人，很難受，我實在想不通你是爲了什麼？」

宋中不說話，只喝酒，拚命的喝。

只有一個存心要跟自己過不去的人，才會這麼樣喝酒。

只有一個連自己都覺得自己很丟人的人，才會跟自己過不去。

柳若松道：「你在那裡究竟遇到了什麼事？爲什麼會這樣子難受？」

宋中忽然站起來，大聲道：「不錯，我是很難受，因爲我自己知道我已經完了。」

冷酒都化作了熱淚。

這個冷酷，倔強，驕傲的年輕人，居然也會流淚，也會哭。

他哭起來就像是個孩子。

他說了實話，也像是個孩子一樣，把心裡的話都說了出來。「其實我並不怕他們，孫伏虎和林祥熊只有一身橫肉，南宮和鍾展只會裝模作樣，在我眼中看來，他們根本連一個錢都不值。」

「可是我怕丁鵬。」

「現在我才知道，就算我再苦練一輩子，也休想能比得上他。」

「我去找過他，按照江湖規矩去找他比武，讓他不能拒絕。」

「這就是我去找他的結果。」他忽然撕開了衣襟，露出了胸膛。

他的胸膛寬闊而健壯。

「她」看過他的胸膛，也曾伏在他的胸膛上呻吟，喘息，低語。

現在他的胸膛上已多了七道刀痕，彎彎的刀痕，就像是新月。

「他用的是刀，一把彎彎的刀，我從來沒有看見過那樣的刀，也從來沒有看見過那樣的刀法。」

「我給了他七七四十九劍，他只還了我一刀。」

「這就是那一刀的結果。」

「我平生從未敗得如此慘，也從未想到我會像這麼樣慘敗。」

「我知道就算再苦練一百年，也休想能接得住他這一刀。」

「我求他殺了我，逼他殺了我。」

「他卻只對我笑了笑。」

「他雖然沒有說什麼，可是我卻看得出，他不殺我，只因爲我還不配死在他的刀下。」

「從那一瞬間開始，我就知道我完了。」

柳若松默默的聽著，什麼話都不再問，什麼話都不再說。聽完了他也開始喝酒，不停的喝。

他喝得也不比宋中少。

所以他們都醉了，爛醉如泥，喝醉並不能解決任何事，但是至少可以讓人暫時忘記很多事。

這一天是十一月十六。

從這一天開始，柳若松就一連串遇到很多他連喝醉都忘不了的事。

十一月十七。

柳若松醒來時不但頭痛如裂，而且虛火上升，第一個想到的人居然不是丁鵬，而是他朋友從樂戶中買來送給他的那個年輕女人。

那個女人只有十五歲，本來只不過是個女孩子，可是在樂戶中長大的女孩子，十五歲就已經是個發育得很好的女人了。

他想到她的長腿細腰，想到她婉轉嬌啼時那種又痛苦，又快樂的表情。

於是他就像是匹春情已發動的種馬般跑了出去，去找她。

他找到的是一條母狗。

他用後花園角落裡的一棟小房子，作藏嬌的金屋，佈置精緻的閨房裡還特地準備了一張寬大舒服而柔軟的床。

他以爲她一定會在床上等著他。

在床上等著他的卻是條洗得乾乾淨淨的母狗。

那個長腿細腰的大姑娘竟已不見了。

萬松山莊雖然沒有蜀中唐家堡、長江十二連環塢那麼警衛森嚴，但還是有五六十個受過嚴格訓練的家丁，大多數都有一身很好的武功。

其中有四十八個人，分成了六班，不分日夜，在莊子裡守衛巡邏。

他們都沒有看見她走出過那個院子。

沒有人知道她是怎麼會失蹤了的，也沒有人知道那條母狗怎麼會到了她的床上。

這是件奇案。

於是柳若松想到了丁鵬。

十一月十九。

經過了兩天的搜查和盤問，那件奇案還是沒有一點頭緒。

柳若松決定暫時放開這件事。

他又想喝酒。

他們夫妻都喜歡喝兩杯，喝的當然都是好酒。在這方面，他們兩個都可以算是專家，萬松山莊的藏酒也是一向很有名的。

根據酒窖管事最近的記錄，他們窖藏的美酒一共還有兩百二十三罈，都是二十五斤裝的大罈子，倒出來足足可以淹死十來個人。

今天他要人去拿酒的時候，酒窖裡卻已連一滴酒都沒有了。

他窖藏多年的兩百二十三罈美酒，竟已全都變成了污水。

女人絕不會忽然變成母狗，美酒也絕不會忽然變成污水。

酒到哪裡去了？污水是從哪裡來的？

沒有人知道。酒窖的管事指天誓日，這兩天絕沒有人到酒窖裡去過。

就算有人進去過，要把兩百多罈酒都換成污水，也不是件容易事。

這又是件奇案。

於是柳若松又想到了丁鵬。

十一月二十二。

萬松山莊的廚房後面有塊地，除了晾衣服外，還養著些豬、牛、雞、鴨。

這一天廚房的管事起來時，忽然發現所有的豬、牛、雞、鴨完全都在一夜間死得乾乾淨淨。

前幾天，一連發生那兩件怪事後，大家本來已經在心裡嘀咕，現在更是人心惶惶，嘴裡雖然不敢說出來，暗地裡的傳說更可怕。

大家都已猜到，主人有個極厲害的對頭，已經找上門來。

現在畜牲都已死去，是不是就要輪到人了？

連柳若松自己都不能不這麼想，這種想法實在讓人受不了。

十一月二十三。

跟著柳若松已有二十年的門房早上醒來時，忽然發現自己竟被脫得赤裸裸的睡在豬欄裡，嘴裡還被人塞了一嘴爛泥。

十一月二十六。

這幾天發生的怪事更多，晚上明明睡在床上的人，早上醒來已被人吊在樹上。

明明洗得乾乾淨淨的一鍋米，煮成飯時裡面竟多了十七八條死老鼠。

柳若松最喜歡的幾個丫頭，忽然一起脫得精光，跳下了荷池。

柴房忽然起了火，米倉忽然淹了水，擺在庫房裡的幾匹綢緞，忽然全都被剪成一條條碎布，掛在樹梢花枝上。

柳夫人早上起來推開窗子一看，滿園子紅紅綠綠的碎布迎風飛舞，其中有的竟是她的衣裳。

十一月二十七。

六十多個家丁，和四十多個丫頭老媽子，已經有一半悄悄的溜了。

誰也不想再跟著受這種罪。

早上起來的時候，忽然發現自己不是睡在床上，而是睡在床底下，這種事有誰能忍受？

沒有走的人也全都變成了驚弓之鳥，聽見有人敲門就會被嚇得半死。這種日子誰能過得下去？

十一月二十八。初雪。

雪已經停了，天氣晴朗乾冷，平常這個時候，柳若松早已起來了很久。

他一向起床很早。

因爲他已決心要做一個受人尊敬的人，他的行爲都要做別人的表率。

可是今天他還躺在被窩裡。

昨天晚上，他一直輾轉反側，不能成眠，天亮了之後才睡著。

他實在起不來，也懶得起來。

起來了之後又怎麼樣？說不定又有件壞消息在等著他。

屋裡雖然很溫暖，空氣卻很壞，所有的窗戶都已被封死。

他不想再去看對面山坡上那片一天比一天華麗壯觀的莊院。

他已經不是以前那個生氣蓬勃，容光煥發，對每件事都充滿信心的人了。

現在他自己變得暴躁易怒，心神不安，聽見敲門的聲音也會嚇一跳。他怕，怕推門進來的人是丁鵬。

現在就有人在敲門，推門進來的人不是丁鵬，是他的妻子秦可情。

他看得出她也瘦了，本來豐滿而嫣紅的臉頰，現在已蒼白凹陷。

雖然她還在笑，可是連她的笑容都已不像昔日那麼甜美動人。

她坐下來，坐在他的床頭，看著他，忽然道：「我們走吧？」

柳若松道：「走？」

柳夫人道：「你心裡一定也跟我一樣明白，那些事都是丁鵬幹的。」

柳若松冷笑，道：「你真的相信他忽然變得有這麼大本事？」

柳夫人道：「如果他能讓孫伏虎和鍾展那些人那麼服他，還有什麼事做不出？」

柳若松不說話了。

他實在也想不出第二個人，他們夫妻的人緣一向不錯，出手一向很慷慨，江湖中很少有人比他們更會交朋友。

柳夫人道：「這兩天我想了很多，那次我們也實在做得太過份了些，他只要還有一口氣在，就絕不會放過我們的。」

她嘆了口氣，道：「所以現在他也要我們受點罪，故意先用這種法子來折磨我們，把我們逼得發瘋，然後再出手。」

柳若松還是不說話。

柳夫人道：「如果我們留在這裡，以後絕不會再有一天好日子過。」

柳若松道：「我們能到哪裡去？」

柳夫人道：「我們還有錢，還有朋友，隨便什麼地方都可以去。」

柳若松道：「既然他有這麼大的本事，隨便我們到哪裡去，他還是一樣可以找得到我們。」

他冷笑，道：「除非我們像縮頭烏龜一樣躲起來，一輩子都不再露面。」

柳夫人道：「那至少總比被逼死的好。」

柳若松又不說話了。

柳夫人道：「你為什麼不到武當去？」

柳若松沉默著，過了很久，才搖頭道：「我不能去，因為……」

柳夫人道：「因為你還想做武當掌門，這種事如果鬧了出去，被武當的同門知道，你就完全沒有希望了。」

柳若松不否認。

柳夫人道：「你也捨不得這片家產，更捨不得你的名頭，你還想跟他鬥一鬥。」

柳若松道：「就算我一個人鬥不過他，我也可以去找朋友。」

柳夫人道：「你能去找誰？誰願意來蹚這趟渾水，現在連鍾展都已經投靠他了，何況，明槍易躲，暗箭難防，就算你能這樣提心吊膽的過一輩子，別人也不會永遠陪著你的。」

柳若松道：「你呢？」

柳夫人道：「我已經受不了，你不走，我也要走。」她慢慢的站起來，慢慢的走出去：「我可以再等你兩天，月底之前，我非走不可，我們雖然是夫妻，但是我還不想死在這裡。」

夫妻本是同林鳥，大難臨頭各自飛。

看著她頭也不回的走出去，想到了這句話，柳若松心裡也不知是什麼滋味。

忽然間，他聽到一個人帶著笑道：「夫妻本是同林鳥，大難臨頭各自飛，現在你是不是已經想到這句話了？」

柳夫人出去的時候，已經將門關上。

窗戶五天前就已被封死。

如果有人躲在這屋裡，一定走不出去。

柳若松雖然聽不出是誰在說話，也聽不出說話的人在哪裡，但是這個人無疑是在這間屋子裡。

因為說話的聲音顯然距離他很近，每個字他都聽得很清楚。

他慢慢的站起來，先把門從裡面拴上，然後就開始找。

他這一生中，經過的凶險已不少，他相信自己無論在什麼情況下，都不會慌張失措的。

他已聽出這個人是個女人，而且是個陌生的女人，因為他以前絕對沒有聽見過她說話的聲音。

一個陌生的女人，怎麼會到了他屋裡？他居然連一點動靜都沒有發覺。

這又是件怪事。

可是這一次他一定能把真相查出來。

他找得很仔細，屋子裡每個角落他都找遍了，甚至連衣櫃和床底下都找過，除了他自己之外，屋子裡連個人影子都沒有。

剛才說話的那個女人到哪裡去了？

外面又開始在下雪。

雪花一片片打在窗紙上，對面山坡上還在「叮叮咚咚」的敲打。

屋子裡卻連一點聲音都沒有，靜得就像是座隨時都有鬼會出現的墳墓。

大多數人在這種情況下都不會再留在這裡的，柳若松不是那些人。

他居然又躺了下去。

不管剛才說話的那個女人是誰，她既然已來了，絕不會是爲了說那麼樣一句風涼話來的。

他相信她一定還有話要說。他沒有猜錯。

他剛躺下去，居然就立刻又聽到了她那飄忽而優雅的笑聲。

她說：「我果然沒有看錯你，你這個人的確與眾不同，只不過你還是找不到我的。」

聲音還是距離他很近，現在他已完全確定，說話的人就在他的帳子頂上。

可是等到他再跳起來去看時，帳頂上已沒有人影。

柳若松忽然覺得背脊後面在發冷，因爲他已感覺到背後有個人。

他一直看不到她，只因爲他背後沒有長眼睛。

他用最快的速度轉身，她還是在他背後，這個女人的身法竟像是鬼魅般飄忽輕靈。

柳若松嘆了口氣，道：「我認輸了。」

這女人笑道：「好，自己肯認輸的人，都是聰明人，我喜歡聰明人。」

柳若松道：「你也喜歡我柳……」

這女人道：「如果我不喜歡你，現在你已經是個死人了。」

她的聲音還是很溫和，很優雅，柳若松卻聽得有點毛骨悚然。

她就在他背後，他甚至可以感覺到她說話時的呼吸。

但他卻看不見她。

如果她真的想要他的命，看來並不是件很困難的事。

他忍不住問：「你已經知道我是誰了？」

「我當然知道，我本來就是要來找你的。」

「你呢？你是誰？」

「我是個女人，是個很好看的女人。」

她銀鈴般笑著道：「我保證你從來都沒看見過像我這麼好看的女人。」

對於好看的女人，柳若松一向最有興趣。

他相信她說的不是假話，難看的女人絕不會有她這麼好聽的聲音。

他忍不住又試探的問：「你能不能讓我看看你？」

「你真的想看我？」

「真的！」

「可是你看見我之後，如果被我迷住了怎麼辦？」

「就算被你迷死我也願意。」

能夠被一個很好看的女人迷死，的確不能算是件痛苦的事。

「你不後悔？」

「我絕不後悔。」

「可是以後你如果不聽我的話，你就會後悔了。」她說得很絕：「我最討厭不聽話的男人。」

「我聽話。」

「那麼你現在就趕快躺到床上去，用棉被蒙住頭。」

「用棉被蒙住了頭，怎麼還能看得見你？」

「現在雖然看不見，今天晚上就會看見了。」

她冷冷的接著道：「如果你不聽話，你這一輩子都休想看見我。」

柳若松立刻躺上床，用棉被蒙住了頭。

她又笑了：「今天晚上子時，如果你到後花園去，就一定會看見我的。」

「我一定去。」

柳若松已經不是個孩子了。

他在別人都還是孩子的年紀時，就已經不是孩子了。

可是今天晚上他居然好像又變成了個孩子，像孩子那麼聽話，而且像孩子那麼興奮。

他不是沒有見過女人。從他真的還是個孩子時，他就已經接觸過各式各樣的女人。

他一向對女人有興趣，女人好像也對他很有興趣。

他的妻子就是個女人中的女人。

可是今天他爲了這個還沒有看見過的女人，竟忽然變成了個孩子。

這個女人實在太神秘，來得神秘，走得神秘，武功更神秘。

最主要的一點是，他相信這個女人對他絕對沒有惡意。

這個女人是誰？爲什麼來找他？

女人都想利用男人，就正如男人都想利用女人一樣，她也許想利用他去做某一件事。

他更想利用她。

他一向認爲，人與人之間的關係，本就是彼此建立在互相利用上的。

如果這種關係對彼此都有利，他絕不反對。

所以還不到子時，他就已到了後花園，他果然見到了她。

她果然是個女人，很好看的女人。

十一月已經很冷了，下雪的時候冷，雪停了以後更冷。

她卻只穿著件薄薄的輕紗衣裳，薄得就好像是透明的一樣。

她並不覺得冷。

她來的時候就像是一陣風，一朵雲，一片雪花，忽然就已出現在柳若松眼前。

柳若松看見她的時候，非但說不出話，連呼吸都已停頓。

他見過無數女人，可是他從未見過這麼美麗，這麼高貴的女人。

雖然她臉上還蒙著層輕紗，他還看不見她的臉，可是她的風姿，她的儀態，在人間已無處找尋。

他看著她，彷彿已看得癡了。

她就讓他癡癡的看著。

也不知過了多久，她忽然又發出那種清悅如銀鈴的笑聲：「你看夠了麼？」

柳若松點點頭，又搖搖頭。

「如果你看夠了，我再帶你去看一個人。」

「看誰？」柳若松問：「這世界上還有比你更好看的人？」

「那個人並不好看，可是我知道你一定很想去看看他的。」

她忽然飄過來，挽住了他的臂。

他立刻覺得整個人都騰雲駕霧般被托起，身不由主的跟著她向前飄了出去，飄過積雪的庭園，飄過高牆，飄過結了冰的小河……

他的身子彷彿已變得很輕，變成了一片雪花，一朵雲。

他做過這樣的夢，夢見自己會飛，每個孩子幾乎都做過這樣的夢。

可是現在他並不是做夢。

等他從迷惘中清醒時，他們已到了對面的山坡上，到了那片華麗壯觀的莊院裡。

在雪夜中看來，這片莊院也彷彿是個夢境，和這片莊院比起來，他的萬松山莊只不過是個破落戶的小木屋而已。

華廈和庭園都已將完成，已不必再急著趕工，在如此寒夜裡，工匠們都已睡了。

她帶著他一個地方一個地方看過去，他幾乎已開始懷疑，自己是否仍在人間？

她忽然問：「你知道這片莊院是誰的？」

「我知道。」

「你想不想看看這裡的主人？」

「他在這裡？」

「因爲莊院已提早落成，所以他也提早來了。」

她的身子忽然飄落，落在一棵積雪的樹梢，積雪竟沒有被他們踏落。

他也練過輕功，可是他從未想到過人世間竟有這樣的輕功。她只用一隻手挽著他，可是他的人彷彿也變得輕若無物。這是不是魔法？

雖然無星無月，可是雪光反映，他還是能看出很遠。遠處有塊很大的青石，看來光滑而堅硬。

柳若松忍不住問：「丁鵬會到這裡來？」

「他一定會來的。」

「如此深夜，他到這裡來幹什麼？」

「用這塊石頭。來試他的刀！」

「你怎麼知道的？」

她笑了笑：「我當然知道，只要我想知道的事，我就會知道。」

每個人都有很多想知道的，可惜真正能知道的卻不多。她爲什麼能知道她想知道的一切，是不是因爲她有一種超越常人的魔力？柳若松不敢問，也沒有機會問了。

他已經看見了丁鵬。

丁鵬已經變了，已經不再是以前那個衝動無知的年輕人。現在他不但已變得成熟而穩定，而且帶著種超越一切的自信。他施施然走過來，彷彿是通宵不能成眠，到雪地上來漫步。

可是他走過的雪地上，卻看不見足跡，他的腰帶上斜插著一把刀。一把形式很奇特的刀，刀身彷彿有點彎曲。

——那不是青青的彎刀，這把刀是他重回人間後鑄成的，是凡人用凡鐵鑄成的。

——但是現在他不管用什麼刀，都已必將無敵於天下。

走過青石時，這把刀忽然出鞘。柳若松根本沒有看見他拔刀，可是這把刀已出鞘。刀光一閃，帶著種奇異的弧度，往那塊青石劈了下去。這一刀只不過是隨隨便便出手的，可是一刀劈下，奇蹟就出現了。那塊看來比鋼鐵還硬的青石，竟在刀光下被劈成了兩半。

刀已入鞘。

丁鵬已走出很遠，看來還是在漫步，可是一瞬間就已走出很遠。雪地上連一個腳印都沒有，就好像根本沒有人來過。

她已帶著柳若松躍下樹梢：「你去看看那塊石塊。」

用手摸過之後，他才知道這塊石塊遠比看上去還要堅硬。

可是現在這塊比人還高，比圓桌還大的石頭，竟已被丁鵬隨隨便便一刀劈成了兩半。

夜更深，風更冷，柳若松卻在流汗，全身上下都在冒著冷汗。

這個穿著一身初雪般純白紗衣的女人道：「他用的不是魔法，他用的是刀。」

柳若松慢慢的點了點頭，道：「我看得出他用的是刀。」

雪衣女道：「你看不看得出那一刀的變化？」

柳若松道：「我看不出。」

雪衣女微笑，道：「你當然看不出的，因爲那一刀根本沒有變化。」

那一刀雖然是柳若松平生所見過的，最驚人，最可怕的一刀。

但是那一刀的確沒有變化。

那一刀劈出，簡單，單純，直接，卻已發揮出一柄刀所能發出的最大威力！

雪衣女道：「這一刀雖然沒有變化，卻包含了刀法中所有變化的精萃。」

柳若松道：「爲什麼？」

雪衣女道：「因爲這一刀出手時所用的刀法，部位、時間、力量、速度都是經過精確計算的，恰好能將他所有的力量發揮到極限。」

這並不是種很玄妙的說法。速度、方法、時間本來就可以使一件物體的力量改變。這本來就是武功的真義，所以武功才能以慢打快，以弱勝強。如果你能將一件物體的力量發揮到極限，用一根枯草，也可以穿透堅甲。

雪衣女道：「要練成這完全沒有變化的一刀，就一定先要通透刀法中所有的變化，我知道丁鵬已練了很久。」

她笑了笑：「可是他這一刀並不是用來對付你的。」

柳若松道：「我知道，要對付我，根本用不著這種刀法。」

雪衣女道：「他練這一刀，爲的是想對付謝家的三少爺。」

柳若松失聲道：「神劍山莊的謝曉峰？」

雪衣女道：「除了他還有誰？」

她又道：「因爲他的劍法，已窮盡劍法中所有的變化，所以丁鵬只有用這一招完全沒有變化的刀法對付他。」

柳若松苦笑道：「如果我沒有看見他那一刀，我一定會認爲他瘋了。」

只有瘋子，才會想到要去擊敗謝曉峰。

可是現在他已看見了那一刀，不管那一刀是否能擊敗謝曉峰，要取他柳若松的人頭卻不難。

雪衣女道：「你有沒有想到他能在短短三四年中練成這樣的刀法？」

柳若松道：「我想不到。」

他嘆了口氣接道：「我簡直連做夢都想不到。」

雪衣女道：「你當然想不到的，因爲人世間根本沒有這樣的刀法。」

柳若松道：「人世間既然沒有這樣的刀法，他是怎麼練成的？」

雪衣女不回答，反問道：「你以前有沒有想到過，他能在短短幾個月中建造出這麼樣一片莊院。」

柳若松道：「我也想不到。」

雪衣女道：「可是這座莊院現在已落成了。」

她慢慢的接道：「這些本來絕不是人力所能做到的，他都已做到，如果他要用這種力量來對付你，你準備怎麼辦？」

柳若松惑然道：「我……我好像只有等死。」

雪衣女道：「你想不想死？」

柳若松道：「不想。」

雪衣女嘆了口氣，道：「只可惜你好像已經死定了。」

柳若松道：「他爲什麼還不下手？」

雪衣女道：「因爲他要等到下個月的十五。」

柳若松道：「他爲什麼要等到那一天？」

雪衣女道：「那一天他要在這裡大宴賓客，他要當著天下英雄之面，先揭穿你那件陰謀，他不但要你死，還要你身敗名裂。」

柳若松道：「我哪件陰謀？什麼陰謀？」

雪衣女道：「你自己應該知道那是件什麼陰謀，你也用不著瞞著我。」

她冷冷的接著道：「也許你還認爲他拿不出證據來，就沒法子讓別人相信，可是現在他說的話就是證據，因爲他已比你更有錢，更有勢，如果他說那一著『天外流星』是他創出來的，有誰會不信，誰敢不信。」

聽到「天外流星」這四個字，柳若松臉色變得更慘：「這件事你怎麼會知道的？」

雪衣女道：「我說過，只要是我想知道的事，我就能知道。」

柳若松道：「你究竟是什麼人？」

雪衣女道：「我是你的救星，唯一的救星。」

柳若松道：「救星？」

雪衣女道：「現在你雖然已死定了，可是我還能救你。」

她淡淡的接著，道：「現在也只有我能救你了，因爲除了我之外，世上絕沒有第二個人能夠對付得了青青。」

青青。

這是柳若松第一次聽到這個名字，他當然忍不住要問：「青青？青青是誰？」

「青青就是丁鵬的妻子，丁鵬能夠做出這些本來絕不是人力能做到的事，就因爲他有青青。」

她的聲音忽然變得很奇怪：「真正可怕的不是丁鵬，是青青，我可以保證，你絕對永遠都想不到她有多可怕的。」

柳若松道：「可是我從來都沒有聽說過江湖中有她這麼樣一個人。」

雪衣女道：「你當然沒有聽說過，因爲她根本就不是人。」

柳若松道：「她不是人？」

雪衣女道：「她不是人，我可以保證，她絕不是人。」

柳若松道：「難道她是鬼？」

雪衣女道：「她也不是鬼，鬼也沒有她那麼大的本事。」

她想了想，又道：「我知道紹興有個鬼曾經把人家埋在地下的十二罈女兒紅全都偷偷喝了，再把清水裝進去，張家口有個鬼曾經把一批從口外趕來的肥羊全都弄死，可是天上地下，絕沒有一個鬼能把一個活生生的大姑娘變成母狗。」

柳若松聽呆了。

他想到了那個細腰長腿的女孩子，想到了她婉轉承歡時那種既痛苦，又快樂的表情。他又想到了那條母狗，想到了他曾經吃過的狗肉。他也不知道是想哭？想笑？還是想吐？他決定把那條母狗遠遠的送走，送到他永遠看不見的地方去。如果他再看見那條母狗，他說不定會發瘋。

雪衣女嘆了口氣，道：「現在你總該知道，她有多麼可怕了，不但人怕她，連鬼都怕。」

柳若松道：「她究竟是什麼？」

雪衣女道：「她是狐！」

柳若松道：「狐？」

雪衣女道：「你難道從來沒有聽說過世上有狐？」

柳若松聽說過。有關於狐的那些荒唐而離奇的傳說，他從小就聽過很多，但總認為這些事只有鄉下老太婆才會相信。可是現在他自己也不能不信了，因為他親眼看見的事，遠比那些傳說更荒唐離奇。現在站在他身旁的，這個又高貴，又美麗的女人難道也是狐？

他不敢問。

無論這個女人是人？還是狐？看來的確都已是他唯一的救星。除了她之外，他實在想不出，還有第二個人能夠救得了他。

但他卻忍不住要問：「你為什麼要來救我？」

雪衣女笑了笑道：「這一點的確很重要，你的確應該問的。」

柳若松道：「你當然不會無緣無故來救我？」

雪衣女道：「我當然不會。」

她又笑了笑道：「如果我說我看上了你，所以才來救你，你當然也不會相信，我看得出你並不是個很喜歡自我陶醉的男人。」

柳若松也笑了笑，道：「我年輕的時候也曾經自我陶醉過，幸好那種時候，現在已經過去了。」

雪衣女道：「那裡有棵大樹，你只要躲在樹後面等一等，你就會知道我爲什麼要救你了。」

她又道：「可是你一定要記住，不管你看見什麼事，都絕不能發出一點聲音，更不能動，否則就連我也沒法子救你了。」

於是柳若松就躲在樹後面等，等了沒多久，就看見一個人從黑暗中走了出來。

一個身材很苗條的女人，穿著身淡青色的衣裙，美得就像是圖畫中的仙女。

七　救星

青青。

來的一定就是青青。

她看見這個穿著身初雪般紗衣的女人，遠遠的就笑了。她的笑聲也清悅如銀鈴。

雪衣女遠遠的就迎了上去，道：「青青，青青，你知不知道我有多想你？」

「藍藍，我也想死你了。」

現在柳若松才知道，他這位救星的名字叫「藍藍」。

她們一個叫青青，一個叫藍藍，她們看起來簡直親熱得要命。

青青是他對頭的妻子，青青正準備要他的命。

藍藍爲什麼要救他？

難道這根本就是她們設計好的圈套？

柳若松幾乎已忍不住要落荒而逃了。

他沒有逃，並不是因爲他聽話，而是因爲他知道自己逃不了的。

不管藍藍剛才施展的是輕功，還是魔法，要抓住他都比老鷹抓小雞還容易。

他連動都不敢動。

青青和藍藍還在笑，笑得又甜又親熱。

藍藍道：「你真的想我？」

青青道：「我當然想你，我簡直想死你了。」

藍藍道：「我也想死你了。」

青青道：「我想你想得要命。」

藍藍道：「我也想你想得要命。」

兩個人既然彼此都這麼想念，當然還有很多很多話要說的。

兩個女人碰到一起，好像總有說不完的話。

想不到她們的話居然已經說完了。

忽然就說完了。

青青忽然轉過身，走入了黑暗中。

藍藍忽然倒了下去。

柳若松怔住了。

青青來得出人意外，走得也出人意外。

這結果更意外。他想過去看看，藍藍怎麼會忽然倒下去的，可是他不敢動。

幸好藍藍忽然又燕子般飛起，飄過來捉住了他的臂：「我們走，快走。」

她走得真快，比來的時候還快。

她又帶著他回到萬松山莊的後花園裡，才長長吐出口氣：「好險。」

這兩個字說完，她又倒了下去。

現在柳若松已經有點明白了，藍藍很可能已中了青青的暗算。

他自己也不是沒有做過這種口蜜腹劍笑裡藏刀的事。

他只希望藍藍傷的不重。

因爲現在他已經完全相信，只有她能救他，只有她才是他的救星。

藍藍總算已坐了起來，用最標準的道家打坐的姿勢，盤坐在雪地裡。

過了片刻，她頭上就忽然有一陣陣熱氣冒了出來，下面的積雪也忽然融化，融出的雪水竟不是白色而是慘碧色的。

雪融得很快，就像是一張白紙在中間被火點著，轉瞬間就燒了個大洞。

雪地上忽然出現了一個慘碧色的圈子，比圓桌還大。

藍藍忽然伸出了手，捲起了袖子，露出一條雪白粉嫩的臂。

她伸出的是左臂。

剛才青青跟她表示親熱的時候，好像曾經在她這條手臂上輕輕的拍了拍。

她又伸出右手，用兩根春蔥般的纖纖玉指，在她左臂上的曲池穴上一拔，竟拔出了一根三寸長的銀針來。

柳若松一直在盯著她的手，卻還是看不出她是怎麼把這根針拔出來的。

可是他看得出她一定已脫離了險境，因爲她已站起來，又輕輕吐出口氣，道：「好險，若不是我也有準備，今天恐怕已死在她手裡了。」

柳若松也鬆了口氣，苦笑道：「現在我總算明白了，她說她想死你的時候，原來是想你死，她說想你想得要命的時候，原來是想要你的命。」

藍藍嫣然道：「你真聰明。」

柳若松道：「可是我想不通，她的暗算既然已得手，爲什麼又忽然走了。」

藍藍道：「因爲我在說想死她的時候，也是在想她死。」

她的笑聲又恢復了清悅：「所以她給了我一針，我也給了她一下子，我想她受的罪絕不會比我輕，如果不趕快走，恐怕死得比我還快。」

柳若松也笑了。

這種事他也做過，可是比起她們來，他最多只能算是個學徒。

藍藍道：「現在你總該也已明白，我爲什麼要救你了。」

柳若松道：「因爲青青？」

藍藍道：「一點也不錯！」

她恨恨的接著道：「我平生只有一個對頭，我的對頭就是她，她要害你，我就要救你，她要幫丁鵬，我就要幫你。」

柳若松立刻道：「我一定替你爭氣。」

藍藍道：「就因爲我看得出，你不管哪一點都不比丁鵬差，所以我才會選上你，就好像青青選上了丁鵬一樣。」

柳若松的心在跳。

青青選上了丁鵬，所以嫁給了丁鵬。

她選上了他，是爲了什麼？

藍藍道：「我不但可以救你，還可以替你做很多你連做夢都想不到的事。」

她忽然輕輕的握住了他的手，輕輕的接著道：「我甚至可以嫁給你。」

柳若松的心跳得更快。

藍藍道：「如果不是因爲你已經有了妻子，我一定會嫁給你。」

她又輕輕的嘆了口氣：「丁鵬沒有妻子，你只有這一點比不上他，除非……」

柳若松道：「除非怎麼樣？」

藍藍道：「除非你的妻子忽然死了。」

她淡淡的接著道：「每個人都要死的，早點死，晚點死，其實也沒有什麼太大的分別。」

柳若松不說話了。

他當然明白她的意思。

藍藍又道：「你說她反正是要走的，她是死是活，對你也沒有什麼分別。」

柳若松道：「如果她已經走了，她是死是活，的確沒有什麼太大分別。」

藍藍道：「可是她走了之後還會回來，既然她還是柳夫人，她要回來，隨時都可以回來。」

柳若松道：「如果她已經不是柳夫人了呢？」

藍藍道：「那麼分別就很大了。」

她輕輕的放下了他的手：「我只希望你記住，你想要有什麼樣的收獲，就得先付出什麼樣的代價。」

十一月二十九。

柳若松一夜都沒有睡，一夜都在想，想到了丁鵬，想到青青，想到狐，想到他的妻子，想到丁鵬那閃電般劈下去的一刀。

他想得最多的當然還是藍藍。

藍藍的神秘，藍藍的美，藍藍那一身神奇的魔力，藍藍挽著他時那種甜美的溫柔，藍藍裸露出的那條晶瑩雪白的臂……

他都不能不去想。

想到她那條裸露的手臂時，他也不能不去想她身上其他的部分。

想到她身上其他的部分，他居然又有了年輕人的衝動。

如果她真的嫁給了他，真的朝朝夕夕都和他同床共枕。

如果他能有個像她這樣的妻子，世上還有什麼事能讓他發愁？

他當然也不能不去想她說過的那些話，不管你想得到什麼，都一定要付出代價。

所以他一早就起來了，去找他那久已沒有跟他共房的妻子。

他又忍不住要想——如果她也忽然變成了條母狗。

他沒有繼續想下去。

這種想法畢竟並不十分令人愉快。

他的妻子並沒有變成母狗，卻好像變成了一個「母親」。

並不是他們孩子的母親。

他們沒有孩子。

她好像已經變成了宋中的母親，因爲宋中就像是個孩子般睡在她懷抱裡。

看到他來了，宋中當然就變得像是條中了箭的兔子一樣跑走了。

他好像根本沒有看見這麼樣一個人。

他們夫妻間本來就早已有默契，他本不該這麼早闖到她房裡來的。

他好像一點都不生氣，因爲他根本不能生氣。

她也沒有生氣，並不是因爲她沒有理由生氣，而是因爲她實在太累。

一個人看到自己的妻子這麼「累」，心裡是什麼感覺？

柳若松好像連一點感覺都沒有，就算他心裡有感覺，臉上也沒有露出來。

柳夫人懶洋洋的伸了個懶腰，打了個呵欠，才勉強笑了笑，道：「你今天起來得真早。」

柳若松道：「嗯。」

柳夫人道：「你想不想在這裡再睡一會兒？」

她問得真妙。

柳若松的回答卻不太妙。

他忽然道：「你走吧，用不著再等到明天，你現在就走吧！」

大多數女人聽見自己的丈夫對自己說這種話，一定都會問：

——你爲什麼要我現在走？你是不是跟我一起走？

大多數女人在這種情況下，都絕不會連一句話都不說的。

她卻跟大多數女人都不同。

她連一句話都沒有說。

柳若松道：「隨便你到哪裡去，隨便你去幹什麼，以前我就不管你，以後我更不會管你了，從今以後你姓你的秦，我姓我的柳，我們互不相關，你也不必再回來了。」

他的話已經說得很絕。

大多數女人聽見自己的丈夫說出這種絕情絕義的話，如果不跳起來大哭大罵，大吵大鬧，也會傷心得半死不活。

但她卻還是完全沒有反應，只是靜靜的看著他，看了很久。

她甚至連一點表情都沒有。

一個人悲傷到了極點，失望到了極點時，往往就會變成了這樣子。

柳若松慢慢的轉過身，不再看她。

他心裡多少也有點難受，他們畢竟是多年的夫妻，可是一想到藍藍，他的心腸立刻又硬了起來，冷冷道：「七出之條，你都已犯盡了，我不殺你，已經是你的運氣，你還……」

他沒有說完這句話，忽然覺得腰上一軟，腰眼附近的四處穴道在一瞬間都已被封死，用的竟是武當獨門點穴手法。

他妻子三十歲生日的那一天，他將這一手送給她作爲賀禮。

那時他還認爲很得意，因爲她問他要的本來是一串珍珠鍊子。

那串珠鍊上最小的一顆珍珠也有核桃般大小，價值最少在五萬兩以上，而且已經被她看見了。

這一著點穴手法卻用不著他花一文錢。

他對他的妻子並不慷慨。

因爲他一向認爲，要妻子對丈夫溫順忠實，就不能讓她手上掌握太多錢財，否則她的花樣就多了。

他認爲那是件非常危險的事，就正如將武器交給敵人同樣危險。

聰明的男人是絕不會做這種事的，他無疑是個聰明人，絕頂聰明。

所以他現在倒了下去。

秦可情看看他，毫無表情的臉上又露出了甜蜜動人的微笑。

「現在我才知道，你送給我的這份禮物實在比那串珠鍊珍貴得多，我實在應該謝謝你。」

她微笑著走出去，又拉著宋中的手走進來。

宋中還是不敢面對他。

可情笑道：「現在他已經不是我的丈夫了，你何必還要難爲情？」

宋中道：「他休了你？」

可情道：「他不但休了我，而且還要把我趕出去。」

她輕輕嘆了口氣：「我嫁給他十幾年，還不如別人家裡養了十幾年的狗，他要趕我走，我就得乖乖的滾蛋。」

宋中道：「那麼我們就走吧？」

可情道：「你帶我走？」

宋中道：「他不要你，我要你。」

可情道：「你真的肯要我這個老太婆？」

宋中道：「就算你真的變成了個老太婆，我也絕不會變心。」

可情又笑了，笑得更甜蜜，柔聲道：「你真好，我果然沒有看錯你，只可惜……」

宋中道：「可惜什麼？」

可情道：「我還不想真的變成個老太婆，所以我每天要吃二十兩銀子一付的珍珠粉，免得我臉上起皺紋，我穿的衣服，都是從天竺和波斯運來的絲綢，好讓別人看得年輕些，我每天要用羊奶洗澡，要好幾個丫頭侍候著我。」

她輕撫著宋中的手：「你也應該知道，我是個吃慣了，穿慣了，花慣了的女人。」

宋中道：「我知道。」

可情道：「如果我嫁給了你，你能不能養得起我？」

宋中怔住，怔了半天，才大聲道：「我可以去做強盜來養你。」

可情道：「你爲什麼要去做強盜？那又不是你的專長。」

她淡淡的接著道：「殺人才是你的專長，你只要殺一個人，我們就可以過一輩子舒服日子了。」

宋中道：「你要我去殺誰？」

可情只笑，不說話。

宋中並不笨。

他應該知道她要殺的是誰。

他雖然並不十分喜歡殺人，不過他絕不怕殺人，不管殺的這個人是誰都一樣。

可情已經從牆上摘下了一把劍，交給了他：「只要你一揮手，我就變成了個可憐的寡婦了，不管丁鵬多兇惡，也絕不會來對付一個可憐的寡婦。」

她嫣然道：「幸好這個可憐的寡婦恰巧又是個很有錢的寡婦，不管誰能夠娶到她，這一輩子都不必再發愁了。」

柳若松知道自己已經死定了。

他不但低估了這個女人，而且把自己估計得太高，無論誰犯了這種錯誤都該死。

「嗆」的一聲，劍已出鞘。

宋中終於轉過身，面對著他，冷冷道：「你不能怪我，只能怪你自己。」

柳若松承認。

他的心還不夠狠，手還不夠辣，他本來應該先下手殺了他的。

劍光一閃，已向他咽喉刺了過來。

姓宋名中，一劍送終，他的出手不但準，而且狠，要殺一個毫無抵抗之力的人，當然絕不會失手。

除非有奇蹟出現，柳若松已必死無疑。

想不到奇蹟真的出現了。

忽然間，「嗤」的一聲，急風破空，接著「叮」的一響，火星四濺，宋中手裡的劍已斷成了兩截。

一樣東西隨著半截斷劍落在地上，滾出去很遠，竟是一枚松子。

這柄劍是柳若松的劍，是他花了一千八百兩銀子，去請關外的名匠吳道古鑄成的。吳道古鑄劍三十年，鑄成的劍無一不是精品，連鐵鎚都敲不斷。

這柄劍竟被一枚松子打斷了。

宋中的手也已被震得發麻，倒退出五步，秦可情手裡卻打出了七點寒星。

柳若松當然知道打出的是什麼暗器，這種暗器也是他花了重價請人替她鑄成的，而且還特請人在上面淬了劇毒。

她發射暗器的手法雖然比不上花十姑和千手觀音那些一流暗器名家，但是在兩丈之內，也很少失手。

現在他們的距離還不到一丈，除非有奇蹟出現，柳若松還是非死不可。

想不到奇蹟又出現了。

這七點寒星本來是往柳若松咽喉和心口上打過去的，竟忽然改變了方向，飛向窗口。

窗口忽然出現了一個人，穿著身初雪般輕柔潔白的衣服。

她的長袖輕揮，七點寒星就已無影無蹤，接著又是「嗤」的一聲響，一縷急風從她袖子裡飛出，打在秦可情的膝蓋上。

秦可情的身子本來已撲起，忽然又跪了下去，筆直的跪在地上，連動都不能動。

柳若松卻忽然站了起來。

原來風聲雖然只一響，打出的松子卻有兩枚，一枚打在了秦可情的「環跳穴」，另一枚卻解開了柳若松的穴道。

這輕紗如羽，白衣如雪的女人，同時打出了兩枚松子，不但力量驚人，用的手法和力量也絕不相同。

宋中已經看呆了。

他從未看過這麼神奇的暗器手法，他甚至連聽都沒有聽說過。

花十姑、千手觀音，那些名震天下的暗器高手，如果和這個女人比起來，簡直就像是只會爬在地上玩彈珠的孩子。

他幾乎不能相信自己的眼睛。

柳若松相信。

他看見過藍藍做出的那些更驚人，更神奇的事。

藍藍道：「你為什麼還不殺了她？」

柳若松道：「我……」

藍藍道：「她要殺你，你就可以殺她，你不殺她，她就要殺你。」

她的手一招，地上的半截劍忽然飛起，到了她手裡。

她給了柳若松：「這一定是吳道古鑄成的，就算只剩下三寸長的一截，也可以殺得死人。」

這截斷劍還有一尺多長，柳若松用三根手指捏住，劍鋒正對著秦可情的咽喉。

秦可情忽然笑了笑，道：「你的樣子雖然兇狠，可是我知道你絕不會殺我的。」

柳若松道：「哦！」

可情道：「因爲我比誰都瞭解你，你只會穿著八十兩銀子一件的袍子，喝著九十兩銀子一罈的好酒，抱著好看的女人，舒舒服服的坐在你那間屋裡，叫別人去殺人，不管殺了多少人，你都絕不會難受的。」

她冷笑：「可是叫你自己手裡拿著刀去殺人，你就不敢下手了。」

宋中忽然道：「他不敢，我敢。」

可情吃驚的看著他，道：「你，你忍心下得了手？」

宋中什麼話都沒有再說，忽然衝過來，手裡的斷劍已刺入她的胸膛。

她的眼睛還沒有閉，還在吃驚的看著他。

她死也不信他真的能忍心下手。

宋中道：「你一定想不到我會殺你。」

可情道：「你……你爲什麼？」

宋中道：「因爲我早已想死了，你若不死，我怎麼能死！」

他拔出了他的劍。

鮮血濺出時，這截劍已刺入了他自己的胸膛。

她死了，他也可以死了。

宋中忽然仰面狂笑：「我平生殺人無算，只這一次殺得最痛快！」

秦可情的眼睛已閉上了。

她忽然發覺自己一直都不瞭解宋中，一直都看錯了他。

她一直認爲宋中是個色厲內荏的人，外表看來雖剛強，其實卻很懦弱。

不但懦弱，而且無能，所以才會一直像小狗般被她牽著鼻子走。

她從沒有想到他這麼樣做是因爲愛她，真心真意的愛她，全心全意的愛她。

爲了她，他不惜去死。

她從來沒有想到過這一點，因爲她根本不相信世上會有這種感情。

可是現在她相信了。

她心裡忽然有了種遠比恐懼更強烈的感覺，使得她忘記了死亡的恐懼。

她忽然覺得死並不可怕。

如果一個人至死都不知道「愛」，那才真的是可怕的事。

「你已經付出了代價，我保證你一定會有收獲的。」

這是藍藍臨走時說的話。

每次她都是忽然而來，忽然而去。

柳若松既不知道應該用什麼法子才能讓她來，也不知道應該用什麼法子才能留住她。

可是他很快就已知道她說的話不假。

他把那條母狗交給了「葫蘆」。

葫蘆是萬松山莊酒窖管事的外號，是個沒有嘴的葫蘆。

因爲他不但忠誠可靠，守口如瓶，而且一向滴酒不沾。

所以柳若松才派他做酒窖的管事。

葫蘆把這條母狗關在酒窖裡，那個已經連一滴酒都沒有的酒窖。

等到柳若松想把這條母狗送走時，就發現這條母狗已經不是母狗了。

他叫葫蘆帶著他去酒窖裡找這條母狗，找到的竟是個女人。

一個細腰長腿的女人，看見他時，臉上又露出那種又害怕，又快樂的表情。

她也不知道自己是怎麼會到這酒窖來的。

她睡著的時候，還是躺在那張又寬大，又柔軟的床上。

她醒來時已經在這裡。

奇蹟又接連出現了，清水又變成了美酒，暴斃的羊本來已被送到後面的荒山去焚化，現在又一隻隻活生生的走回來。

藍藍卻一直沒有再露過面。

這些奇蹟當然都是她造成的，柳若松已付出了代價，她也沒有忘記自己的承諾。

爲了表示對她忠實，他連碰都沒有再碰過那個細腰長腿的女孩子。

他決心要得到她，不管她是不是人都無妨，就算她真的是狐，他也不在乎。

如果能娶到她這麼一個妻子，什麼人他都不必再畏懼，什麼事他都不必再擔心了。

日子一天又一天過去，對面山坡的莊院已全部完工，晚上有燈火亮起時，遠遠看過去，就像是天上的宮闕。

「圓月山莊」主人宴客的請帖，也已派人送了過來。

這位圓月山莊主人當然就是丁鵬，請客的日子果然是月圓之夕。

今天已經是十四，藍藍居然還沒有露面。

——她一定會來的，她絕不會就這麼樣忘記我。

柳若松雖然一直在安慰自己，卻還是忍不住要焦急，擔心。

如果她不來，明天他很可能就要死在那天宮般的圓月山莊裡。

他只有安慰自己：「最遲今天晚上，她一定會來的。」

所以黃昏時他就準備了一桌精緻的酒菜，一個人坐在這屋裡等。

藍藍果然沒有讓他失望。

屋子裡忽然充滿了香氣，彷彿是花香，卻比花香更芬芳甜美。

本來已經被封死的窗戶，忽然無風自開，窗外夕陽滿天，藍藍就像是一朵美麗的雲彩，輕飄飄的飄了進來。

她說，這兩天她沒有來，只因爲還有很多事都要她去安排。因爲要對付青青並不是件容易事，青青的法力無論是在天上，還是在地下，都很少有人能對抗。可是現在所有的事都已安排好了。

她說：「現在我已經有法子制她了，只要能制住青青，丁鵬根本不足爲慮，只要你聽我的話，好好的去做，我不但能幫你擊敗他們，不管你心裡想做什麼事，我都可以幫你做到。」

柳若松平生最大的夢想，就是做武當的掌門。

他忍不住道：「武當派從來沒有俗家弟子能做到掌門人的，可是我……」

藍藍道：「你想做武當的掌門？」

柳若松嘆了口氣，道：「可是現在希望最大的並不是我，是凌虛。」

藍藍冷笑，道：「區區一個武當掌門，算得了什麼，你的志氣也未免太小了。」

她忽然問：「你知不知道上官金虹？」

柳若松當然知道。

上官金虹一代梟雄，縱橫天下，君臨武林，江湖中沒有一個人敢對他無禮，他說出來的話就是命令，從來沒有人敢違抗。

縱然他後來死在江湖第一名俠小李飛刀手裡，可是他活著時的威風，至今還沒有人能比得上。

藍藍道：「只要你願意，我隨時都能讓你的成就超過上官金虹，超過小李飛刀，超過當今江湖中名氣最大的謝曉峰……」

柳若松的心已經在跳，跳得好快。

藍藍道：「你剛才說的凌虛，是不是天一道人的那個大徒弟？」

柳若松道：「是。」

藍藍道：「明天他也會在圓月山莊，說不定現在已經到了。」

柳若松道：「他怎麼會來？」

藍藍道：「當然是丁鵬特地去請來的。」

她笑了笑：「其實你也應該明白，他爲什麼要特地去把凌虛請來。」

柳若松明白。

丁鵬要當著凌虛的面毀了他，要讓凌虛知道他的確有該死的理由。有他本門師兄作證，丁鵬無論怎麼對付他，別人都無話可說。連武當都不能說什麼，更不能爲他復仇。

柳若松嘆了口氣，道：「想不到丁鵬做事竟忽然變得這麼仔細。」

藍藍道：「上過一次當的人，做事總是會變得仔細些的。」

柳若松在笑，苦笑。他只能苦笑。

藍藍道：「如果丁鵬要殺你，凌虛會不會幫你出手？」

柳若松道：「他不會。」

藍藍道：「他會不會幫你說話？」

柳若松道：「不會。」

在那種情況下，誰也不能說什麼。

藍藍道：「你若死了，他會不會覺得很難受？」

柳若松道：「不會。」

藍藍道：「因爲他也知道，如果他死了，你也絕不會爲他難受的。」

柳若松並不否認。

凌虛不吃，不喝，不賭，不嫖，他活著唯一的目的，就是希望自己有一天能夠繼承天一真人的道統，繼任武當的掌門。因爲他也是個有血有肉的人，也有野心，他對這件事的擔心，絕不在柳若松之下。他們彼此心裡都知道，對方是自己唯一的競爭者。

柳若松又嘆了口氣，道：「只可惜他的身子一向健康，至少還可以再活上三五十年。」

藍藍道：「我可以保證，他絕對活不了那麼久的。」

柳若松道：「哦！」

藍藍道：「他明天晚上就會死！」

柳若松道：「他一向無病無痛，怎麼會死？」

藍藍道：「因爲有個人一劍刺穿了他的咽喉。」

柳若松道：「這個人是誰？」

藍藍道：「就是你！」

柳若松怔住。

其實他早就想一劍刺穿凌虛的咽喉了，他已不知在心裡想過多少遍。可是這種想法實在太可怕，他非但不敢說出來，連想都不敢想得太多。因爲凌虛畢竟是他的大師兄，殺了凌虛，就等於背叛了師門。叛逆絕對是件大逆不道的事，這種觀念已在他心裡根深蒂固。

藍藍道：「你若不敢，我也不勉強你。」

她淡淡的接著道：「反正現在我還沒有嫁給你，你死了，我也不會太難受的。」

她好像已經準備要走了。

柳若松怎麼能讓她走，立刻道：「我不是不敢，我只怕……」

藍藍道：「怕什麼？」

柳若松道：「凌虛從小就開始練功夫，除了吃飯、唸經、睡覺的時候之外，都在練功夫，我卻還有很多別的事要做。」

他的確還有很多事要去做，世界上有很多事都比練功夫有趣得多。

只可惜越有趣的事，越不能做得太多，否則就會變成很無趣了。

柳若松嘆息著，道：「也許我別的事做得太多了些，所以現在恐怕已經不是他的對手。」

藍藍道：「你本來就不是他的對手，五十招之內，他就可以殺了你！」

柳若松不能否認。

近年來凌虛練功更勤，內力更深，劍術也更精，已是江湖公認的，武當後起一輩弟子中的第一高手。

藍藍道：「可是有我在，你還怕什麼？」

她笑了笑：「只要有我在你身旁，你十招之內，就可以殺了他……」

柳若松的眼睛亮了。

藍藍道：「明天正午，我在城裡的會仙樓等你，陪你一起去。」

柳若松道：「你爲什麼要在城裡等我？」

藍藍道：「因爲我要你用轎子來接我，我要讓別人知道，我是被你用轎子接走的。」

這種要求絕不過份。

一個還沒有出嫁的女人，總希望能夠有一個她喜歡的男人用轎子去接她的。

這其中無疑還有更深的含意。

柳若松的心又在跳，跳得更快：「我一定會準備一頂最大的轎子去接你，可是你……」

他看著藍藍臉上的面紗：「你爲什麼直到現在還不肯讓我看看你的臉呢？」

藍藍道：「明天你就會看見了。」

她又道：「明天你到會仙樓，就會看見一個身上穿著身湖水藍的衣裙，頭上戴著枚百鳥朝鳳的珠花，腳上卻穿著雙紅繡鞋的女人。」

柳若松道：「那個女人就是你？」

藍藍道：「是的。」

十二月十五，晴。

正午時的陽光溫暖如初春，柳若松站在陽光下，看著他的家丁們把一枚金珠裝上轎頂，心裡覺得很滿意。

這頂轎子還是他十八年前迎娶秦可情時，特地請京城的名匠按照一品夫人的儀制做成的，經過一夜的整修後，現在又變得煥然一新。

可是當時坐著這頂轎子來的人，現在卻已永遠看不見了。

想到這點，柳若松心裡雖然還是難免會覺得有點難受。

幸好他很快就忘記了這些不愉快的事。

今天是他的好日子，也是個大日子，他絕不讓任何事來影響他的心情。

他的家丁們都已換上嶄新的狐皮短襖，腰上都繫起了紅得耀眼的紅腰帶，一個個看起來全都是喜氣洋洋，精神百倍。

藍藍這時候說不定已經在會仙樓等著他，他相信藍藍絕不會讓他失望。

為他掌管馬廄的老郭，已經將他那匹高大神駿的「千里雪」牽了出來，在新配的鞍轡上，還結著副鮮紅的綵緞。

他一躍上馬，身手依然矯健如少年。

他真是覺得愉快極了。

八 圓月山莊

到了會仙樓，他更愉快。

藍藍果然沒有讓他失望，他一上樓，就看見了她。

她果然穿著身湖水藍的衣裙，靜靜的坐在一個角落裡等著他。

從樓外斜射進來的陽光，正照在她滿頭烏髮間的那朵珠花上，使得她看來更艷光四射。

她看來甚至比柳若松想像中更美，不但美，而且艷，不但艷，而且媚。

如果說秦可情是個尤物，她就是尤物中的尤物。

如果說這世界上真的有能夠讓男人一眼看見就受不了的女人，她無疑就是這種女人。

「受不了」的意思，就是呼吸急促，心跳加快，連生理上都會因她而起變化。

「受不了」的意思，就是說她在穿著衣服的時候，也可以讓男人的情慾衝動，幾乎忍不住要偷偷溜出去想法子發洩。

樓上的男人很多，有很多都是柳若松認得的。

他認得的人，通常都是已經在江湖中混了很多年的英雄好漢。

平時他看見這些人時，一定會走過去握手寒暄，讓大家知道他不但謙虛有禮，而且愛交朋友。

今天他卻沒有平時那麼客氣，因爲他知道這些人都是丁鵬請來的，也因爲他實在不想把藍藍引見給他們。

他看得出他們眼中的情慾和渴望，也可以想像到他們其中某些人，身體上某一部位那種醜惡的變化。

大家當然都在看著他。

他是個名人。

名人本來就是要讓別人看的。

只不過今天大家看著他時，眼睛裡的神色卻好像有點奇怪。

——也許大家都知道他是來找她的，也知道她在等他。

——就憑這一點，已足夠讓每個人羨慕忌妒。

柳若松微笑著，走到藍藍面前。

藍藍微笑著，看著他。

她笑得真甜。

她笑的時候，頭上的珠花在輕輕顫動，腳上的紅繡鞋也在輕輕搖盪，就像是春水中的一對紅菱一樣。

柳若松道：「你好！」

藍藍道：「你好！」

柳若松道：「你一定已經等了我很久？」

藍藍道：「沒關係。」

柳若松道：「現在我們是不是可以走了？」

藍藍道：「你說什麼時候走，我們就什麼時候走。」

於是柳若松就用最溫柔有禮的態度伸出了他的手。

藍藍也伸出手，搭在他的手上。

她的手更美。

於是柳若松就用最瀟灑沉著的態度，扶著她的手，走出了會仙樓。

他知道每個人都在看著他們，眼睛裡都帶著種奇怪的表情。

他知道每個人心裡都羨慕他，妒忌他。

他真是愉快極了。

現在唯一讓柳若松覺得不太愉快的，就是凌虛。

雖然他確信藍藍一定有法子能讓凌虛死在他手裡。

但是他只要一想到這個人，一想起這件事，心裡就彷彿有了道陰影。

凌虛今年五十二歲，外表看來彷彿還要比他的實際年齡蒼老些。

多年的苦修，終年的素食，對於情慾的克制，都是促使他蒼老的原因。

但是他的軀體，卻絕對還是像一個二十歲的年輕人那麼矯健靈活，他的肩很寬，腰很細，腹部和臀部都絕對沒有一點多餘的脂肪和肥肉。

如果他脫光衣服站在一個女人面前，一定可以讓那個女人覺得很意外，甚至會大吃一驚。

幸好這種事從來都沒有發生過。

他從來都沒有接近過女人，多年來的禁慾生活，已經使他忘記了這件事。

一個正常人生活中所有的享受，對他來說，都是罪惡。

他吃的是粗茶淡飯，穿的是粗布衣服，他全身上下唯一能夠向別人炫耀的，就是他的劍。

一柄形式古拙的松紋古劍，帶著鮮明的杏黃色劍穗。

這柄劍不但表明了他的身分，也象徵著他的地位之尊貴。

現在他正佩著他的劍，坐在圓月山莊夢境般的庭園中一個精緻的水閣裡。

正在打量著圓月山莊這位充滿了傳奇性的主人丁鵬。

圓月山莊的華麗豪闊，遠出大多數人的意料之外，今天到這裡來的客人，也比大多數人想像中都多得多。

客人中絕大多數都是江湖中的知名之士，威震一方，嘯傲江湖，長街拔劍，快意恩仇。

水閣裡卻只有十個人。

——孫伏虎、林祥熊、南宮華樹、鍾展、梅花、墨竹。

這六個人凌虛都認得。

孫伏虎和林祥熊手上青筋凸露，臉上常帶笑容，外家功力和做人的修養都同樣精通。

南宮華樹還是老樣子，瀟脫，爽朗，服飾合時而合式，不管你在什麼時候，什麼地方看見他，他手裡總是有一杯酒，好像只有在酒杯中才能看到「南宮世家」輝煌的過去。

鍾展看來更嚴肅，更驕傲，也更瘦了。

只有凌虛知道他是怎麼會瘦的，因爲他們在忍受著同樣的煎熬。

苦修，素食，禁慾，只有凌虛知道，要做到這三件事，就得付出多麼痛苦的代價。

也許墨竹也跟他們一樣，江湖中像他們這樣的人並不太多。

有很多人這麼樣折磨自己是爲了一種理想，一個目標。

另外有些人卻好像天生就喜歡折磨自己。

梅花當然不是這種人。

只要能吃的時候，他就盡量吃，只要能睡的時候，就盡量睡。

他唯一對自己節制的事，就是絕不讓自己太勞累。

凌虛一直想不通，一個像梅花這種身材的人，怎麼會成爲武林中的一流高手，而且還取了這麼樣一個美麗而雅致的名字。

梅花和墨竹既然在這裡，青松當然也會來的。

凌虛已經隱約感覺到，這裡的主人把他們請來，並不是完全出於善意。

以前他從未聽過「丁鵬」這名字。

在沒有看到這個人之前，他也從來沒有重視過這個人。

現在他才知道自己錯了。

這個年輕人不但有很多他從未在別人身上看見過的特異氣質，而且還有種深沉奇怪的自信，好像確信這世上絕沒有他不能解決的問題，也沒有他做不到的事。

凌虛既不知道他的身世來歷，也不知道他的武功門派，但卻已看出他絕不是個容易對付的人。

就在這時，他聽見有人稟報：「萬松山莊的柳若松柳莊主，已經帶著他的夫人來了。」

聽見「柳若松」這名字，丁鵬臉上連一點表情都沒有，只淡淡說了句：「有請！」

凌虛忽然明白了，丁鵬將他們請到這裡來，就是爲了對付柳若松。

柳若松才是丁鵬真正的目標。

因爲沒有表情，有時反而是種最可怕的表情，爲了今天的事，丁鵬想必已計劃了很久。

今天將要發生些什麼事？

凌虛的手，有意無意間輕輕觸及了劍柄。

不管怎麼樣，柳若松總是他的同門師弟，不管今天將要發生些什麼事，只要有他的這柄劍在，就絕不容任何人侵犯「武當」的聲譽。

他慢慢的站起來，凝視著丁鵬：「你知道柳若松是貧道的同門？」

丁鵬微笑，點頭。

凌虛道：「你們是老朋友？」

丁鵬微笑，搖頭。

他那雙清澈而冷靜的眼睛裡，忽然露出種絕沒有第二個人能解釋的奇特笑意。

凌虛轉過頭，隨著他的目光看過去，就看見了一頂轎子。

一頂氣派極大的八人大轎，通常只有在一品夫人上朝時，或者在富貴人家迎娶新娘時才會使用的。

柳若松就走在這頂轎子前面，神情居然也跟丁鵬一樣，帶著種奇異的自信。

他一向是個很明白事理的人，今天怎麼會要他的妻子坐這種轎子來？而且抬入了別人家的庭園？

凌虛皺起了眉，看著這頂轎子穿過庭園，停在水閣外的九曲橋頭。

轎簾掀起，轎子裡伸出了一隻柔若無骨的纖纖玉手。

柳若松立刻扶住了這隻手。凌虛的眉頭皺得更緊了，柳若松從轎子裡扶下來的這個女人，竟不是他的妻子。

可是他對這個女人的態度，卻遠比對他的妻子更溫柔。

武當是江湖中人人尊敬的名門正派，武當門下的弟子，怎麼能做出這種事。

凌虛沉下了臉，走出水閣，冷冷道：「叫她回去。」

柳若松道：「叫誰回去？」

凌虛道：「這個女人。」

柳若松道：「你不知道她是誰？」

凌虛道：「不管她是誰，都叫她回去。」

他已注意到，有很多人看見這個女人時，臉上都露出種很奇怪的表情。

他不能再讓她留在這裡丟人現眼。

柳若松忽然笑了笑，道：「這裡的確有個人應該回去，但卻絕不是她。」

凌虛道：「不是她是誰？」

柳若松道：「是你。」

他淡淡的接著道：「你若跪下來跟她磕三個頭，趕快滾回去，我也許就會饒了你。」

凌虛的臉色變了：「你說什麼？」

柳若松道：「我已經說得很清楚，你也應該聽得很清楚。」

凌虛的確聽得很清楚，每個字都聽得很清楚，但卻連做夢都想不到這些話會從柳若松嘴裡說出來。

他盡力控制著自己，道：「你忘了本門的戒律第一條是什麼？」

柳若松道：「本門是哪一門？」

凌虛厲聲道：「你難道連你自己是哪一門的弟子都忘了？」

柳若松冷笑，道：「以前我的確在武當門下耽過，可是現在卻已跟武當全無半點關係。」

凌虛忍住怒氣，道：「你已不是武當門下？」

柳若松道：「不是。」

凌虛道：「是誰將你逐出了武當？」

柳若松道：「是我自己要走的。」

凌虛道：「你自己要叛師出門？」

柳若松冷冷道：「我要來就來，要走就走，也談不上什麼叛師出門。」

武當是內家四大劍派之首，天下人公認的內家正宗，江湖中人人都以能名列武當爲榮，柳若松這麼做實在是誰也想不到的事。

每個人都在吃驚的看著他，都認爲這個人一定是瘋了。

凌虛的臉色發青，不停的冷笑，道：「好，很好，好極了。」

柳若松道：「你還有沒有別的話說？」

凌虛道：「沒有了。」

柳若松道：「那麼你爲何還不拔劍？」

他嘴裡在跟凌虛說話，眼睛卻在看著藍藍。

藍藍也在看著他笑，笑得好甜，彷彿正在告訴他：「你做得很好，只要有我在身旁，不出十招，你就能殺了他！」

沒有人會相信她的話。

沒有人會相信柳若松能在十招內擊敗武當後輩弟子中的第一高手凌虛。

可是柳若松相信。

雖然凌虛出手五招，就已佔盡優先，將他逼得透不過氣來。

他還是相信藍藍絕不會讓他失望的。

到了第九招時，他已被逼入了死角，無論他使出哪一招，都絕對無法突破凌虛的攻勢。

他們用的同樣是武當劍法，在這方面，凌虛遠比他純熟精深。

他忽然想到了那一著「天外流星」。

「天外流星」不是武當劍法，他的劍勢一變，劍風破空「嗤」的一聲響，劍鋒已自凌虛的左胸刺入，後背穿出，這一劍竟刺穿了凌虛的胸膛。

每個人都怔住。

柳若松自己也怔住。

他自己也知道，這一劍最多只能突破凌虛的攻勢，絕對不能將凌虛置之死地。

可是凌虛卻已死在這一劍之下。

凌虛的瞳孔已開始渙散，眼睛裡充滿了恐懼和驚訝。

他明明可以避開這一劍的，卻偏偏沒有避開。

這是爲了什麼？

凌虛倒下時，柳若松並沒有看見。

他在看著藍藍。

藍藍也在看著他笑，笑得更甜，彷彿又在告訴他：「只要有我在，只要你相信我，不管你想做什麼，都一定可以做到。」

現在柳若松最想做的一件事，當然就是殺了丁鵬，永絕後患。

他忽然發現丁鵬已經在他面前。

柳若松笑了笑，道：「你好。」

丁鵬也笑了笑，道：「你好。」

柳若松道：「我很好，可是你一定不太好。」

丁鵬道：「哦！」

柳若松道：「我在你新的莊院裡，殺了你請來的客人，你怎麼會好？」

他微笑，又道：「我看你非但心情不好，運氣也不會好。」

丁鵬道：「爲什麼？」

柳若松道：「因爲你又遇到了我。」

丁鵬嘆了口氣，道：「不錯，每次遇見你，好像我都要倒楣的。」

雖然已經是四年前的事了。

可是留在柳若松記憶裡的印象還是很鮮明。

他甚至還能記得丁鵬發現「可笑」就是柳夫人時，臉上那種驚訝、痛苦而悲慘的表情。

對柳若松來說，那的確是個偉大的計劃，單純而巧妙，每一個細節都設計得天衣無縫。

他從未替丁鵬想過。

丁鵬當時是什麼感覺？

無論誰在受到了那種欺騙，那種侮辱，那種冤屈後，都絕不會輕易忘記的。

現在他無疑也想到了那件事。

但是他居然還在笑，一種成功者獨具的微笑，充滿了對別人的譏誚和自信。

他的確變了，變得如此深沉，如此可怕，連柳若松都已感覺到他的可怕。

幸好藍藍就在他身後，每次只要柳若松一回頭，就可以看見她臉上那種甜蜜而動人的微笑，彷彿正在告訴他——

「只要有我在這裡，無論你想幹什麼，都可以放心去做。」

柳若松輕輕吐出口氣，微笑道：「你說的不錯，每次你只要看見我，就會倒楣的。」

丁鵬道：「這次呢？」

柳若松道：「這次也一樣。」

丁鵬道：「這次恐怕不太一樣了。」

柳若松道：「因爲這次是在你的地方，你有幫手？」

丁鵬道：「這是我們兩個之間的事，我絕不會讓第三個人出手。」

柳若松道：「那就好極了。」

丁鵬道：「你殺了凌虛道長，自然有武當門下去找你。」

柳若松道：「我若殺了你呢？」

丁鵬笑了笑，道：「只要你能勝我一招，不但隨時可以割下我的頭顱來，這片莊院也是你的，死人已用不著這麼大的地方。」

柳若松眼睛發亮，道：「正確。」

丁鵬道：「無論誰死了，只要有七尺黃土就已足夠，所以……」

柳若松的反應並不慢，立刻道：「所以我若敗了，我也會將我那萬松山莊送給你。」

丁鵬微笑道：「這才是公平的交易。」

柳若松道：「我們一言爲定。」

丁鵬道：「有天下英雄在這裡作證，就算想賴，也賴不了的。」

柳若松道：「很好。」

他的手緊握著劍柄，劍鋒上凌虛的血跡已乾，現在卻又將被另一個人的鮮血染紅。

他回過頭，藍藍又在看著他微笑，彷彿又在對他保證。

十招之內，丁鵬就必將死在你的劍下。

柳若松精神一振，道：「看你的劍！」

丁鵬道：「我已發誓，今生不再用劍。」

柳若松道：「你用什麼？」

丁鵬道：「用刀。」

柳若松大笑，道：「你若用刀，我可以讓你三招。」

刀也是殺人的利器。

可是刀法易練，而不易精，練武的人都知道，「十年學劍，一年練刀。」

劍法的確遠比刀法精妙深奧，劍的本身，就是種高貴飄逸的象徵。

江湖中已有多年未曾出現過刀法名家了。

學劍的人忽然變爲用刀，刀法好極也有限。

柳若松道：「拔你的刀！」

丁鵬的刀已在手。

這是柄很普通的刀，既沒有吹毛斷髮的鋒刃，也沒有足以炫耀的歷史。

這柄刀是彎的，刀鋒彎彎，刀柄彎彎。

丁鵬輕撫著刀鋒，道：「這就是我的刀。」

柳若松道：「我看得見。」

丁鵬道：「這柄刀還沒有飲過人血，因為今日還是我第一次試刀。」

柳若松冷笑，道：「你用我來試刀？」

丁鵬道：「就因爲我要用你來試刀，所以我還可以讓你佔個便宜。」

他淡淡的接著道：「只要你能接得住我三刀，就算你勝了。」

柳若松看著他，臉上的表情就好像看見一個人忽然發了瘋。

藍藍又在笑，笑得更甜，更愉快。

柳若松道：「好，我就看你這三刀。」

丁鵬道：「你看不見的。」

他的手一揮，刀光已飛起。

圓月落，刀光起。

縱橫大地十萬里。

刀光寒如雪，何處聽春雨？

彎彎的刀，彎彎的刀光，開始時宛如一彎新月，忽然間變成了一道飛虹。

沒有人能看得出這一刀的變化，也已沒有人能看得見這柄刀。

刀光一起，刀就不見了。

江湖中已有多年未曾出現過刀法名家，江湖人已有多年未曾看見如此輝煌的刀光。

誰也不知道他第二刀還會有多麼可怕的變化？

根本沒有第二刀。

刀光只一閃，丁鵬只劈出了一刀！

刀光一閃而沒。

柳若松並沒有倒下。

他的劍還在手上，他的人還是動也不動的站在那裡，只不過臉上已沒有血色。

沒有第二刀。

勝負還未分，爲什麼沒有第二刀？

丁鵬輕撫著刀鋒，淡淡道：「我知道你看不見的。」

柳若松不動，不響。

忽然間，「叮」的一聲，他手裡的劍已落在地上。

丁鵬道：「你至少要再練十年，才能看得見我三刀。」

柳若松不動，不響。

忽然間，一縷鮮血從他的手腕上冒了出來。

丁鵬道：「現在我一刀就已足夠。」

柳若松不動，不響。

忽然間，他蒼白的臉上出現了一個鮮紅的「十」字。

鮮紅的是血。

沒有人喝采。

每個人都覺得手腳冰冷，每個人手心都有冷汗。

現在大家才知道，剛才那一刀，不但割破了柳若松的手腕，而且還在他臉上劃出個「十」字。

可是傷口裡的血，直到現在才冒出來。

因爲那一刀連一分力量都沒有多用，因爲那一刀實在太快！

沒有喝采，因爲沒有人見過這樣的刀法。

刀已入鞘。

丁鵬只簡短的說出了三個字：「你敗了。」

柳若松終於慢慢的點了點頭，慢慢的轉過身，慢慢的向藍藍走過去。

藍藍還在笑，可是笑容看來已沒有剛才那麼甜蜜動人了。

她笑得彷彿已有些勉強。

柳若松站在她面前，看著她，臉上的「十」字血跡已凝結。

鮮血剛冒出來，立刻就凝結。

柳若松臉上的表情彷彿也已凝住，一個字一個字的說：「我敗了。」

藍藍輕輕嘆了口氣，道：「看起來好像是你敗了。」

柳若松道：「你說過，我不會敗的。」

藍藍道：「我說過？」

柳若松道：「你說過，只要有你在，我就絕不會敗。」

藍藍道：「你一定是聽錯了，我怎麼會說這種話？」

柳若松道：「我沒有聽錯，你說過你會幫我的，你爲什麼不出手？」

藍藍道：「我怎麼出手，我能幫你做什麼？」

遠處忽然有個人在笑，笑聲中充滿譏誚：「她唯一能幫你做的事，就是幫你把褲子脫下來。」

藍藍居然也在笑：「一點都不錯，我唯一能幫你做的好像只有這件事，這種事我最內行。」

柳若松看著她，眼睛裡忽然露出恐懼之極的表情：「你……你究竟是誰？」

藍藍道：「你花了六萬兩銀子，把我從『滿翠院』贖出來，叫我在會仙樓等你，陪你到這裡來作客，而且還用那麼大一頂轎子去接我！」

她吃吃的笑道：「你怎麼會連我是誰都不知道？」

滿翠院是個妓院，是個非常有名的妓院，滿翠院裡最紅的一個妓女叫翠仙。

她用一根春蔥般的手指，指著自己纖巧的鼻子：「我就是翠仙，這裡至少有一百個人認得我！」

柳若松的臉色在變，臉上的肌肉忽然開始扭曲扯動，鮮紅的「十」字又被扯裂，鮮血又一絲絲冒了出來，流得滿臉都是。

他並不笨。現在他終於明白了，什麼事都明白了。

別人用那種奇怪的眼色看著他時，並不是羨慕，更不是妒忌。

這裡至少有一百個人認得她，知道她是滿翠院的翠仙。

這一百個人的褲子說不定都被她脫下來過。

而他卻抬著頂八人大轎去接她，把她當仙女一樣接到這裡來，希望她能帶給他夢想中的榮耀和財富。

這簡直是個笑話，一個可以讓人把苦膽都笑出來的笑話。

這個笑話簡直和四年前他替丁鵬製造出的那個笑話同樣可笑。

現在他終於知道，丁鵬當時是什麼感覺了。

這就是「報復」。

丁鵬的報復巧妙，殘酷，而且徹底。

就像柳若松對付他的計劃一樣，這計劃也同樣經過精心的設計，每一個細節都設計得完美無缺。

這計劃最重要的一點，就是先得要柳若松感覺到壓力。

對面山坡上的華廈，晝夜不停的敲打聲，已經使柳若松神經緊張。

一個神經緊張的人，就難免會疑神疑鬼。

把一個躺在床上的細腰長腿的女人架走，換上一條母狗。

把一個酒窖的管事收買，連夜把酒都換成污水。

在雞鴨牛羊的飼料中，加上一點致命的毒藥。

這些事都不難。

可是對一個神經緊張，疑神疑鬼的人來說，這些事都變得好像不可解釋了。

所以這些事都變成了一種壓力，壓得柳若松連氣都透不過來。

然後「藍藍」就出現了，就像一塊浮木，忽然出現在一個快要淹死了的人面前。

根本沒有「藍藍」。

藍藍就是青青。

青青穿上件初雪般的純白紗衣，用輕紗蒙住臉，告訴柳若松：「我是藍藍，我就是唯一可以救你的人，只有我能對抗青青。」

柳若松當然不會不信。

何況她還讓柳若松親眼看見她和「青青」對抗時那種驚人的法力。

那時柳若松看見的「青青」，當然只不過是另外一個女人。

他既不知道青青長得什麼樣子，也不知道藍藍長得什麼樣子。

以後一連串出現的那些「奇蹟」，使得他更堅定了對藍藍的信心。

所以他連做夢都不會想到，藍藍叫他用八人大轎去接的那個女人，竟是滿翠院中的一個妓女。

現在他雖然明白了，這計劃中所有重要的關鍵他都已明白了，可是他偏偏不能說出來。

因為他知道，這種事他就算說出來，也絕沒有任何人會相信。

現在他的妻子已經死了，死在另外一個男人的懷抱裡。

他的家業已經屬於別人。

他親手殺了他的掌門師兄，背叛了師門，犯了江湖人的大忌。

他做的這些事非但別人絕不會原諒他，連他自己都不能原諒自己。

就算丁鵬不殺他，他在江湖中也已沒有立足之地。

一個已經徹底被毀滅了的人，已經到了山窮水盡，無路可走的時候，應該怎麼辦呢？

柳若松忽然做出件任何人都想不到他會做出來的事。

十二月十五，夜。

月夜，圓月。

圓月還沒有升起，日色已消逝，屋子裡漸漸的黯了下來。

現在已經到了應該點燈的時候，可是青青並沒有把燈點起來。

她喜歡一個人靜靜的坐在黑暗裡，享受著這冬日黃昏獨有的幽趣。

她從小就已習慣於孤獨，因爲她根本別無選擇。

小樓上幽雅高貴，屋子裡每一樣東西都是經過精心選擇的。

她從不能忍受任何一樣粗俗不潔的物事。

因爲她從小就生長在這麼樣一個環境裡，根本就沒有接觸過人世間的煩惱和不幸。

可是現在她忽然發現自己彷彿已經開始有了煩惱。人的煩惱。

任何一個正常青春年華的少婦，都難免會有的煩惱。

她忽然覺得自己太寂寞。

窗外隱隱有人聲傳來。

這小樓距離丁鵬接待賓客的庭園雖然很遠，可是那邊的聲音這裡還是可以聽得很清楚。

她知道今天來的客人很不少，其中有很多都是名震江湖的豪傑英雄，他們的豪情勝概，她早已嚮往了很久。

她很想去參加，和他們一起享受人世間的歡樂，跟他們一起去用大碗喝酒，聽他們敘說江湖中那些振奮人心的快事。

對一個從未經歷過這些事的女孩子來說，這實在是種很難抗拒的誘惑。

可是她不能去。

因爲她是「狐」，是異類，她這一生中已註定了不能有人的歡樂。

她和丁鵬結合已四年。

這四年來，他們幾乎日日夜夜都相聚在一起，沒有丁鵬在身旁，她幾乎已沒法子睡得著。

丁鵬出身貧苦，並不是那種風流蘊藉，溫柔體貼的男人。

他從小就爲了要出人頭地而掙扎奮鬥，對於生活上的某些情趣，他知道的並不多。

他雖然年輕健康，可是這一兩年來，他對她的熱情彷彿已在漸漸減退，他們夫妻間親密的次數，也沒有以前那麼多了。

可是她仍然同樣愛他。

他是她生命中唯一的一個男人，爲了他，什麼事她都願意去做。

她以能做他的妻子爲榮，連做夢都希望他能挽著她的手，把她介紹給他的朋友，他的賓客，告訴別人她就是他的妻子，就是丁夫人。

「丁夫人」，這是個多麼美麗，多麼榮耀的稱呼，只可惜她這一生恐怕都沒法子聽到別人用這名稱來稱呼她。

因爲她是「狐」，是異類，是絕不能跟著丁鵬在人前露面的。

——我真的是「狐」？

——我爲什麼一定要是「狐」？

青青眼裡已有了淚光，心在刺痛。

因爲她心裡有個秘密，絕不能對任何人說出來的秘密，連丁鵬都不能說。

這秘密就像是一根針，日日夜夜，時時刻刻，都在刺著她的心。

除了這件事之外，她還是愉快的。

只要沒有特別重要的事，丁鵬總是盡量想法子來陪著她。

現在他好像就已經來了，樓梯上已經有了他的腳步聲。

青青擦乾眼裡的淚痕，站起來，丁鵬已輕輕推開了門。

「你爲什麼不點燈？」

青青沒有回答，忽然投入他的懷抱中，緊緊的抱住了他，就好像他們已有很多日子未曾相見了，雖然他們分別只不過才一兩個時辰。

她太怕失去他。

每次他們分別時，她都會害怕，怕他一去不返。

因為她只不過是個狐女，這裡卻是人的世界，她心裡總是有種說不出的自卑。

丁鵬雖然不瞭解她這種心理，卻可以感覺到她的柔情。

「現在大家都已經開始在喝酒了，所以我就抽空找了個機會，溜回來看看你。」

青青的喉頭彷彿忽然被一樣東西堵住了，心裡充滿了溫暖感激。

她希望他再說下去，告訴她，無論他在什麼地方，心裡都是在記掛著她的。

可是丁鵬說的話卻不是她想聽的。

「我一定要回來告訴你，我們的計劃已經成功了，我已經徹底毀了柳若松。」

他回來只不過是為了要告訴她這件事，她幾乎已將這件事忘了。

雖然她也參與了他的計劃，而且不惜一切，幫忙他將這計劃完成。

但是那只不過是為了他而已。

為了他，她不惜騙人，不惜說謊，不惜做任何她從未做過的事，但是對於人世間的恩仇怨恨，她看得並不重。

丁鵬卻顯得很興奮，將剛才發生的事，全都說了出來。

多年的冤氣，一旦能得到發洩，的確是件很令人興奮的事。

為了讓他開心，她就裝作很有興趣的樣子在聽，雖然她心裡只想靜靜的跟他擁抱在一起，靜靜的享受這一天中的片刻寧靜。

丁鵬還在說：「如果你也能看見柳若松發現他心目中救苦救難的仙子竟是個妓女時，臉上那種表情，你一定也會覺得開心的。」

青青瞭解他的心情，因為他曾經受過同樣的痛苦打擊。

「然後呢？」她忍不住問。

「如果你是他，到了那種時候，你會怎麼樣？」

「我不知道。」

她的確不知道，人世間那些惡毒狡詐的事，她根本從未仔細想過。

「你猜猜看！」丁鵬的興致很高：「你猜他做出件什麼樣的事？」

「他逃走了？」

「他自己也知道逃不了的。」丁鵬道：「就算能逃得了，也無路可走，無路可去。」

「他暈了過去？」

「沒有。」

「凌虛的朋友殺了他？」

「也沒有。」

「他殺死了那個女人，然後再橫劍自盡？」

這種猜測已經很合理。

一個人到了他那種地步，活著實在還不如死了的好。

丁鵬卻搖搖頭，道：「他沒有死，他還捨不得死。」

他笑了笑：「他做出的那件事，無論誰都想不到這世上真的有人能做得出來。」

青青道：「他怎麼樣了？」

丁鵬道：「別人都以爲他會來找我拚命的時候，他卻忽然跪下來求我，一定要我收他做徒弟。」

九 駭人聽聞

柳若松的年紀已經可以做丁鵬的父親了，在江湖中也不是無名之輩，居然會當著天下英雄的面，做出這種事。

除了他之外，這種事還有誰能做得出？

青青嘆了口氣，道：「這個人的臉皮真厚，做得真絕。」

丁鵬道：「無論他求我什麼事，我都不會答應的，想不到他居然求我收他做徒弟。」

青青道：「你答應了他？」

丁鵬微笑，道：「能夠有這麼樣一個徒弟倒也不錯。」

青青沒有再說什麼。

雖然她心裡覺得這件事做得有點不對，可是丁鵬要做的事，她從來都沒有反對過。

所有的事都已和她所期望的不同了，她本來只希望丁鵬能做一個問心無愧的人，和她在一個安靜的地方，快樂地度過一生。

可是丁鵬有野心。

每個男人都有野心，都應該有野心，換一種說法，「野心」就是雄心，沒有雄心壯志的男人，根本不能算是個男人。

她不怪丁鵬，只不過丁鵬的野心太大了，遠比她想像中更大。

「野心」就像是上古洪荒時代的怪獸，你只要讓它存在，它就會一天天變大，大得連你自己都無法控制。

對一個有野心的男人來說，柳若松這種人無疑是非常有用的。

青青只擔心一點。

她只怕丁鵬的野心大到連他自己都無法控制時，反倒被他自己的野心吞噬。

想到了這一點，她立刻又想到了一件更可怕的事。

她忽然問：「神劍山莊今天有沒有人來？」

「沒有！」

「我記得你好像專程派人送了份請帖去！」

請帖不止一份，除了神劍山莊當今的主人，名震天下的當代第一劍客謝曉峰之外，另一位「謝先生」也有一份。

這位謝先生圓圓的臉，胖胖的身材，滿面笑容，十分和氣。

四年前的七月十五，丁鵬在萬松山莊受辱時，這位謝先生也在場。

「可是今天他們都沒有來。」

想到這件事，丁鵬就沒有剛才那麼愉快了：「非但神劍山莊沒有人來，那一帶的人都沒有來。」

青青問：「那一帶你還請了什麼人？」

丁鵬道：「田一飛和商震。」

青青道：「我知道商震這個人，他是商家堡的堡主，是『五行劍法』當今碩果僅存的名家。」

她想了想，又道：「五行劍法艱澀冷僻，如果我要把當今天下劍法最高的十個人列舉出來，商震絕不能算其中之一。」

丁鵬笑了：「你是不是在安慰我，叫我不要爲了他這麼樣一個人生氣。」

青青也笑了。

丁鵬道：「其實我就算在生他的氣，也不會看輕他這個人的。」

青青道：「哦！」

丁鵬道：「五行劍法雖然艱澀冷僻，使用時的威力卻極大。」

青青道：「哦！」

丁鵬道：「因爲五行相生相尅，其中有些變化，別人根本想不到，當然更無法抵禦。」

青青微笑，道：「有理。」

丁鵬道：「商震的劍法，雖然還不能名列在當今十大劍客之中，但卻已絕對可以算是江湖中的一流高手，何況他武功得自家傳，根基紮得極厚，內力之深湛，也可以補劍法之不足。」

青青道：「你對他好像知道的很多。」

丁鵬道：「只要是江湖中的一流高手，每個人我都知道得很多。」

他又笑了笑，道：「因爲他們每個人都可能會是我的對手。」

青青還在笑，笑得已有點勉強。

她看得出丁鵬不但思慮更周密，見解更精確，情緒也更成熟穩定，已經不會像以前那樣，常常爲了一點小事生氣。

因爲他的野心已越來越大。

丁鵬道：「知己知彼，才能百戰百勝。」

他的眼睛又因興奮而發光：「我絕不會再讓我自己敗在別人手裡。」

青青心裡在嘆息，臉上卻帶著笑問：「別人是些什麼人？」

丁鵬道：「任何人都一樣。」

青青道：「謝家的三少爺，謝曉峰是不是也在其中？」

丁鵬道：「謝曉峰也一樣，不管怎麼樣，他也是個人。」

他的目光更熾熱：「遲早總有一天，我也要跟他一較高低。」

青青看著他，眼睛裡已有了憂慮之色。

每次只要丁鵬一提起謝曉峰，她眼睛裡就會有這種表情。

對謝曉峰這個人，她似乎有種不能對別人說出來的畏懼。

她是狐，狐是無所不能的。

謝曉峰縱然是劍中的神劍，人中的劍神，畢竟也只不過是個人而已。

她爲什麼要畏懼一個凡人？

這無疑也是她的秘密。

一個人心裡的秘密如果是絕不能對人說出來的，就會變成種痛苦，變成種壓力。

丁鵬沒有注意到她的表情，又道：「商家堡就在神劍山莊附近，商震沒有來，很可能就是受了謝曉峰的影響。」

他淡淡的接著道：「天下無雙的謝三少，當然不會看重我這麼樣一個名不見經傳的後生小子。」

青青顯然不願再談論謝曉峰這個人了，立刻改變話題，問道：「田一飛呢？他是個什麼樣的人？」

丁鵬道：「你知不知道江湖中有個叫『鬼影無雙飛娘子』的女人？」

青青道：「你說的是田萍？」

丁鵬道：「我說的就是她。」

青青道：「我當然知道她，有關她的傳說，我已聽到過很多。」

江湖中有關田萍的傳說確實不少。

她是江湖中最美麗的三個女人其中之一，也是最可怕的三個女人其中之一。

她的輕功之高，非但已沒有任何一個女人能比得上，連男人能比得上她的都很少。

她成名已經有很久，算來至少已經應該有四五十歲了。

可是根據最近看過她的一個人說，她看來最多只有二十七八。

丁鵬道：「田一飛就是田萍的唯一傳人，有人說是她的侄甥，有人說是她的堂弟，也有人說是她的私生子。」

他接著道：「他們之間究竟是什麼關係，誰也不知道，田一飛的輕功的確是得自她的真傳，也已經可以算是一流高手了。」

青青道：「田一飛住的地方也在神劍山莊附近？」

丁鵬道：「田萍行蹤詭秘，誰也不知道她有沒有家，更不知道她的家在哪裡，田一飛也一樣，只不過最近他一直住在神劍山莊附近的一家客棧裡，住了至少已經有半年。」

青青道：「他爲什麼要住在那裡？」

丁鵬道：「因爲他想做神劍山莊的女婿。」

他笑了笑，又道：「所以謝曉峰既然不來，他當然也不會來了。」

青青道：「謝曉峰好像還沒有娶過妻子，怎麼會有女兒？」

丁鵬微笑，道：「那就是他的私事了，你應該知道我一向不過問別人的私事。」

這是他的原則，也是他的美德，這一點他始終都沒有變。

窗子是開著的，因爲青青一向不怕冷。

站在窗口，就可以看見天上剛剛升起的一輪明月，和水閣那邊的水池。

池水已結了冰。

一池寒冰，映著天上的圓月和四面燈光，看來就像是個光采奪目的大鏡子。

就在丁鵬走到窗口來的時候，鏡子裡忽然出現了一條人影。

這個人來得實在太快，以丁鵬的眼力，居然都沒有看出他是從哪裡來的，只看見一條暗灰色的人影一閃，已掠過二三十丈寬的冰池。

今夜圓月山莊中高手雲集，劍術、刀法、掌力、暗器、輕功，每一種武功的一流高手，差不多都到齊了。

可是像這個人這樣的輕功，連這裡都絕對沒有人能比得上。

丁鵬想要青青過來看看，但是他還沒有回過頭，就看見了一件讓他永遠都忘不了的事。

這人影竟忽然從中間分成了兩半，就像是一個紙人忽然被人從中間撕開。

水閣裡只擺了一桌酒，客人只有九位，在旁邊伺候的人卻有十來個。

能夠坐在這一桌的客人，當然都是江湖中一等一的名家。

坐在主位上的一個人，身材高大，聲若洪鐘，赤紅的臉，滿頭白髮，喝起酒來如長鯨吸水，吃起肉來一口就是一大塊，誰也看不出他今年已經有八九十歲了。大家讓他坐在上位，並不是完全因爲他的年紀，「大刀斧王」孟開山很年輕的時候就已經很受人尊重。

二十多年前，他就已洗手退隱，絕少在江湖中走動。

這次丁鵬能將他請到，大家都認爲主人的面子實在不小。

柳若松正在爲他倒酒。

現在柳若松居然已經以主人弟子的身分出現了，居然面不改色，有說有笑，就好像剛才什麼事都沒有發生過。

孟開山忽然用力拍了拍他的肩頭，大笑道：「老弟，我佩服你，我真的佩服你，能屈能伸，才是大丈夫。」

柳若松的臉居然沒有紅，居然還陪著笑道：「那也得靠前輩們多栽培。」

寒竹冷冷道：「現在我們也已變成了你的前輩？」

柳若松微笑，道：「從今以後，我已是兩世爲人，家師的朋友，都是我的前輩。」

孟開山又大笑，道：「好，說得好，能夠說出這種話來的人，將來一定有出息。」

紅梅嘆了口氣，道：「孟老爺子說得不錯，現在連我都不能不佩服他了。」

寒竹冷笑道：「只可惜……」

他沒有說下去，並不是因爲他已不想再給柳若松難堪，而是因爲他忽然看到了一條人影。

這人影來實在太快了。

水閣四面的窗戶也全都高高支起，在座的都是內功精深的英雄好漢，當然都不怕冷，何況大家又全都喝了不少酒。

窗外一池寒冰，冰上一輪圓月。

這人影忽然間就已出現，忽然間就已到了水閣的窗戶外。

他的身法不但快，而且姿勢美妙，他的人也長得很好看，身材挺拔，眉清目秀，只不過在月光下看來臉色顯得有點發青。

林祥熊交遊廣闊，江湖中的一流高手，他差不多全都認得。

這個人他當然也認得，田一飛當然可以算是江湖中的一流高手，輕功之高，更是高手中的高手。

人影一現，林祥熊就已推杯而起，大笑道：「遲到的罰三杯，你……」

他的笑聲忽然停頓，就像是忽然被人一刀割斷了咽喉。

圓月在天，月光正照在田一飛臉上。

他的頭髮下，額角正中，忽然出現了一點鮮紅的血珠。

血珠剛沁出，忽然又變成了一條線。

鮮紅的血線，從他的額角，眉心，鼻樑，人中，嘴唇，下巴，一路往下，沒入衣服。

本來很細的一條線，忽然變粗，越來越粗，越來越粗……

田一飛的頭顱忽然從剛才那一點血珠出現的地方裂開了。

接著，他的身子也在慢慢的從中間分裂，左邊一半，往左邊倒，右邊一半，往右邊倒，鮮血忽然從中間飛濺而出。

剛才還是好好的一個人，忽然間就已活生生裂成了兩半！

沒有人動，沒有人開口，甚至連呼吸都已停頓，眨眼間冷汗就已濕透衣服。

在座的雖然都是江湖中的大名人，大行家，但是誰也沒有見過這種事。

站在旁邊伺候他們的丫環、家丁，有一半已暈了過去，另一半褲襠已濕透。

水閣裡忽然充滿惡臭，但卻沒有一個人能感覺得到。

也不知過了多久，孟開山忽然一把抓起了酒壺，將滿滿一壺陳紹佳釀都倒下肚子之後，才長長吐出口氣，道：「好快的刀！」

林祥熊道：「刀？哪裡有刀？」

孟開山根本沒有聽見他在說什麼，又長嘆一聲，道：「我已有四十年沒有看見過這麼快的刀了！」

南宮華樹忽然道：「這麼快的刀，我只聽先父當年曾經說起過，卻從未見過。」

孟開山道：「我活了八十七歲，也只不過見過一次。」

他赤紅的臉已發白，臉上每一條皺紋彷彿都已加深，眼睛裡已露出恐懼之色。

他又想起了四十年前，親眼看見的一件事。

「大刀斧王」雖然是個天不怕，地不怕的好漢，可是只要一想起那件事，就會覺得心寒膽戰，毛骨悚然。

「那時我年紀還不大，還時常在江湖中走動，有一天我經過保定府的長橋……」

那時也是這種嚴寒天氣，橋上滿佈冰霜，行路的人很少。

他忽然看見一個人從前面狂奔而來，就好像後面有厲鬼在追趕一樣。

「我認得那個人。」他說。

那個人也是江湖中一位成名的豪傑，武功極高，而且人稱「鐵膽」。

「所以我實在想不到，他爲什麼會怕得這麼厲害？後面有誰在追他？」

「我正想問的時候，後面已經有個人追上來，刀光一閃，從我那朋友頭頂劈下。」

「我那朋友並沒有被砍倒，還是在拚命往前逃。」

「那道長橋長達數百丈。」

「我那朋友一直奔到橋頭，一個人才忽然從中間裂成了兩半。」

聽他說完了這件驚心動魄的往事後，大家背上的冷汗又冒了出來。

林祥熊也一連喝了幾杯酒，才能開口：「世上真有這麼快的刀？」

孟開山道：「那件事是我親眼看見的，雖然已過了四十多年，可是直到現在，我只要一閉起眼睛，我那朋友就好像又活生生的出現在我眼前，活生生的裂開了兩半。」

他黯然道：「想不到事隔四十年，那日的情況居然又重現了。」

林祥熊道：「殺死你朋友的那個人是誰？」

孟開山道：「我沒有看見，我只看見刀光一閃，那個人就已不見。」

孫伏虎道：「你那朋友是誰？」

孟開山道：「我只認得他的人，根本不知道他的名字。」

他是個血性男兒，直心直腸，從不說謊。

他說謊的時候，每個人都可以看得出來。

現在大家都已看出他說的不是真話，殺人的人是誰，他當然是知道的，他朋友的名字，他更不會不知道。

可是他不敢說出來。

四十年前的往事，他爲什麼至今都不敢說出來？

他爲什麼也像他的那個朋友一樣，也怕得這麼厲害？

這些問題當然沒有人再問他，但卻有人換了種方式問：「你想田一飛和你那個朋友，會不會是死在同一個人的刀下？」

孟開山還是沒有回答。

他已經閉緊了嘴，好像已決心不再開口。

孫伏虎嘆了口氣，道：「不管怎麼樣，那都已是四十年前的事了，四十年前的英雄，能活到今天的還有幾人？」

林祥熊道：「孟老爺子豈非還在？」

孟開山既然還活著，殺了他朋友的那個人當然也可能還沒有死。

這個人究竟是誰？

大家都希望孟開山能說出來，每個人都在看著他，希望他再開口。

可是他們聽到的，卻是另外一個人說話的聲音，聲音清脆甜美，就像是個小女孩，說：「孟開山，你替我倒杯酒來。」

孟開山今年已八十七歲，從十七歲的時候就已闖盪江湖，掌中一柄六十三斤重的宣花大斧，很少遇到過敵手。

「斧」太笨重，招式的變化難免有欠靈活，江湖中用斧的人並不多。

可是一個人如果能被人尊爲「斧王」，還是很不簡單。

近數十年來大概已經只有別人替他倒酒，能讓他倒酒的人活著的恐怕已不多。

現在居然有人叫他倒酒，要他倒酒的人，居然是個小女孩。

林祥熊就站在孟開山對面，孟開山的表情，他看得最清楚。

他忽然發現孟開山的臉色變了，本來赤紅的臉，忽然變得像是外面那一池寒冰，完全沒有一點血色，一雙眼睛裡也忽然充滿恐懼。

這小女孩要他倒酒，他居然沒有發怒。

他居然在害怕。

林祥熊忍不住回過頭，順著他的目光看過去，看見的卻是個老太婆。

水閣裡根本就沒有小女孩，只有一個又黑又瘦又小的老太婆，站在一個又黑又瘦又小的老頭子旁邊。

兩個人都穿著身青灰色的粗布衣服，站在那裡，比別人坐著也高不了多少，看起來就像是一對剛從鄉下來的老夫妻，完全沒有一點特別的地方。

唯一令人奇怪的是，水閣中這麼多人，人人都是江湖中的大行家，竟沒有一個人看見他們是從哪裡來的。

等到這老太婆開口，大家又吃了一驚。

她看起來比孟開山更老，可是說話的聲音卻像是個小女孩。

剛才叫孟開山倒酒的就是她，現在她又重複了一遍。

這次她的話還沒有說完，孟開山已經在倒酒——先把一個酒杯擦得乾乾淨淨，倒了一杯酒，用兩隻手捧著，恭恭敬敬的送到這老太婆面前。

老太婆瞇起了眼，看著他，輕輕嘆了口氣，道：「多年不見，你也老了。」

孟開山道：「是。」

老太婆道：「據說一個人老了之後，就會漸漸變得多嘴。」

孟開山的手已經在發抖，抖得杯子裡的酒都濺了出來。

老太婆道：「據說一個人若是已經變得多嘴起來，距離死期就不遠了。」

孟開山道：「我什麼都沒有說，真的什麼都沒有說。」

老太婆道：「就算你什麼都沒有說，可是這裡的人現在想必都已猜出，我們就是你四十年前在保定城外遇見的人。」

她又嘆了口氣：「這地方的人沒有一個是笨蛋，如果他們猜到了這一點，當然就會想到那姓田的小伙子，也是死在我們刀下的。」

她說的不錯，這裡的確沒有一個笨蛋，的確都已想到這一點。

不過大家卻還是很難相信，這麼樣兩個乾癟瘦小的老人，竟能使出那麼快的刀。

孟開山的表情卻又讓他們不能不信。

他實在太害怕，怕得整個人都已軟癱，手裡的酒杯早已空了，杯中的酒全都濺在身上。

老太婆忽然問道：「今年你是不是已經有八十多歲？」

孟開山牙齒打戰，總算勉強說出了一個字：「是。」

老太婆道：「你能活到八十多歲，死了也不算太冤，你又何必要把別人全都害死！」

孟開山道：「我……我沒有。」

老太婆道：「你明明知道，這裡只要有一個人猜出我們的來歷，就沒有一個人能活著走出去了，你這不是害人是什麼？」

她說得輕描淡寫，就好像把這一屋子人都看成了廢物，如果她想要這些人的命，簡直比捏死一隻螞蟻還簡單。

鍾展忽然冷笑，道：「瘋子。」

他一向很少開口，能夠用兩個字說出來的話，他絕不會用三個字。

老太婆道：「你是說這裡有個瘋子？」

鍾展道：「嗯。」

老太婆道：「誰是瘋子？」

鍾展道：「你。」

紅梅忽然也大笑，道：「你說得對極了，這老太婆若是沒有瘋，怎麼會說出那種話來？」

孫伏虎忽然用力一拍桌子，道：「對。」

林祥熊也大笑，道：「她要讓我們全都死在這裡，她以為我們是什麼人？」
寒竹冷冷道：「她以爲她自己是什麼人？」
南宮華樹嘆了口氣，道：「你們不該這麼說的。」
寒竹道：「爲什麼？」
南宮華樹道：「以各位的身分地位，何必跟一個瘋老太婆一般見識。」
這幾人你一句，我一句，也完全沒有把這對夫妻看在眼裡。
奇怪的是，這老太婆居然沒有生氣，孟開山反而有了喜色。
——只有不認得這對夫妻的人，才敢對他們如此無禮。
——既然大家都沒有認出他們，所以大家都有了生路。
老太婆終於嘆了口氣，道：「我們家老頭子常說，一個人知道的事越少，活得就越長，他說的話好像總是很有道理。」
那老頭子根本連一個字都沒有說，臉上也連一點表情都沒有。
那也許只因爲他要說的話都已被他老婆說出來了。
老太婆道：「你們既然都不認得我，我也懶得再跟你們嚕嗦。」
柳若松忽然笑了笑，道：「兩位既然已經來了，不如就坐下來喝杯水酒。」
老太婆冷笑，道：「這種地方也配讓我老人家坐下來喝酒？」

柳若松道：「這地方既然不配讓兩位坐下來喝酒，兩位爲什麼要來？」

老太婆道：「我們是來要人的。」

柳若松道：「要人？要什麼人？」

老太婆道：「一個姓商，叫商震，還有個姓謝的小丫頭。」

一提起這兩個人，她臉上又露出怒容：「只要你們把這兩個人交出來，你就算跪下來求我，我也不會在這裡多留片刻。」

柳若松道：「兩位要找他們幹什麼？」

老太婆道：「我也不想幹什麼，只不過想要他們多活幾年。」

她的眼睛裡充滿怨毒：「我要讓他們連死都死不了。」

柳若松道：「這裡的丫頭不少，姓謝的想必也有幾個，商震我也認得。」

老太婆道：「他的人在哪裡？」

柳若松道：「我不知道。」

那個一直沒有開過口的老頭子忽然道：「我知道。」

老太婆道：「你什麼時候知道的？」

老頭子道：「剛才。」

老太婆道：「他在哪裡？」

老頭子道：「就在這裡。」

孫伏虎忍不住道：「你是說商震就在這裡？」

老頭子慢慢的點了點頭，臉上還是連一點表情都沒有。

孫伏虎道：「我們怎麼沒有看見他？」

老頭子已經閉上了嘴，連一句話都不肯多說了。

老太婆道：「我們家老頭子既然說他在這裡，他就一定在這裡，我們家老頭子說的話，連一次都沒有錯過。」

孫伏虎道：「這次他也不會錯？」

老太婆道：「絕不會。」

孫伏虎嘆了口氣，道：「你們若能把商震從這裡找出來，我就……」

老太婆道：「你就怎麼樣？」

孫伏虎道：「我就……」

他的話還沒有說出口，林祥熊忽然跳起來，掩住了他的嘴。

老太婆冷笑，道：「商震，連這個人都看見你了，你還不給我滾出來？」

只聽一個人冷笑道：「就憑他的眼力，若是能看出我來，那才是怪事。」

商震的確應該來的，如果他來了，當然也會被安置在這水閣裡。

他明明直到現在還沒有露過面。

奇怪的是，這個人說話的聲音，卻又明明是商震的聲音。

大家明明已經聽見了他說話的聲音，卻偏偏還是沒看見他的人。

這水閣雖然不能算小，可是也不能算很大，他的人究竟藏在哪裡？

他一直都在這水閣裡，就在這些人的眼前，這些人都不是瞎子，卻偏偏都沒有看見他。

因爲誰也想不到，名震江湖，地位尊重的五行堡主，居然變成了這樣子。

水閣裡的客人只有九位，在旁邊伺候他們的奴僕家丁卻有十二個人，六男六女，男的青衫白襪，女的短襖素裙，每個人看起來都像是剛從窯裡燒出來的瓷人，沉默，規矩，乾淨。

每個人無疑都是經過慎重挑選，嚴格訓練的，想要在大戶人家做一個奴僕，也並不太容易。

但是無論受過多嚴格訓練的人，如果忽然看到一個活生生的人從中間分成了兩半，都一樣會害怕的。

十二個人裡面，至少有一半被嚇得兩腿發軟，癱在地上，一直都站不起來。

沒有人責怪他們，也沒有人注意他們，大家甚至連看都沒有去看他們一眼。

在這水閣裡，他們的地位絕不會比一條紅燒魚更受重視。

所以一直都沒有人看見商震。

商震一向是個很重視自己身分的人，氣派一向大得很，誰也想不到他居然會降尊紆貴，混在這些奴僕裡，居然會倒在地上裝死。

可惜現在他已經沒法子再裝下去了，他只有站起來，穿著他這一輩子從來都沒有穿過的青衣白襪站起來，臉色發青。

現在大家才看出來，他臉上戴著個製作極精巧的人皮面具。

林祥熊故意嘆了口氣，道：「商堡主說的實在不假，以我的眼力，實在看不出這位就是商堡主，否則我又怎麼敢勞動商堡主替我執壺斟酒。」

南宮華樹接道：「商堡主臉上戴的是昔年七巧童子親手製成的面具，你我肉眼凡胎，當然是看不出來的。」

梅花老人道：「據說這種面具當年就已十分珍貴，流傳在江湖中的本來就不多，現在剩下的最多也只不過三四付而已。」

寒竹冷冷道：「想不到一向光明磊落的商堡主，居然也偷偷藏著一付。」

梅花道：「光明磊落的人，為什麼就不能有這種面具。為什麼要偷偷的藏起來？」

寒竹道：「難道你忘了這種面具是什麼做成的？」

林祥熊道：「我好像聽說過，用的好像是死人屁股上的皮。」

梅花用力搖頭，大聲道：「不對不對，以商堡主這樣的身分，怎麼會把死人屁股上的皮戴在臉上，你一定聽錯了。」

這幾人又在一搭一檔，冷嘲熱諷。

商震終於開口，道：「你們說完了沒有？」

林祥熊道：「還沒有，我還有件事不明白。」

商震道：「什麼事？」

林祥熊道：「今日這裡的主人大宴賓客，筵開數百桌，人越多的地方，越容易藏身，你爲什麼不到人多的地方去，偏偏要到這裡來？」

商震道：「因爲我本來以爲你們是我的朋友，就算我的行蹤敗露，你們這些名門正派的俠義英雄，也不會讓我死在一個邪魔外道手裡。」

孫伏虎忽然跳起來，厲聲道：「邪魔外道，誰是邪魔外道？」

商震冷笑，道：「你們難道真的不知道這兩人就是……」

他沒有說下去，因爲他已沒法子說下去，就在這一瞬間，已有二三十道寒光往他打了過來，打的都是他致命要害。

第一個出手的是林祥熊。孫伏虎、鍾展、梅花、寒竹、南宮華樹，也並不比他慢多少。這些人出身名門，江湖中很少有人知道他們會使暗器。因爲他們平日總是說暗器是旁門左道，總是看不起那些以暗器成名的人。可是現在他們的暗器使出來，不但出手極快，而且陰狠毒辣，無論哪一點都絕不比他們平日看不起的那些人差。他們顯然早已下了決心，絕不讓商震活著說完那句話，每個人都早已將暗器扣在手裡，忽然同時發難。

商震怎麼想得到他們會同時出手？怎麼能閃避得開？連他自己都認爲自己已經死定了，因爲他也想不到有人會出手救他。

忽然間，刀光一閃。銀白色的刀光劃空而過，二十七件各式各樣不同的暗器立刻落在地上，變成了五十四件，每一件暗器都被這一刀從中間削成兩半。

這二十七件暗器中，有鐵蓮子，有梅花針，有子母金梭，有三稜透骨鏢，有方有圓，有尖有扁，有大有小，可是每一件暗器都正好是從中間被削斷的。

這一刀好準，好快！

刀光一閃，忽然又不見了。那老頭子臉上還是完全沒有表情，老太婆眼裡卻彷彿有光芒在閃動，就像是剛才劃空而過的刀光一樣。

可是兩個人手裡都沒有刀。剛才那一刀是怎麼出手的？怎麼會忽然不見？誰也沒有看清。每個人的臉色都變了。

商震忽然仰面長嘆，道：「二十年來互相尊重的道義之交，居然一出手就想把我置之於死地，這種事有誰能想得到？」

他忽又冷笑，道：「但是我應該想到的，因為我看到的比你們多。」

老太婆道：「你看到的為什麼比我們多？」

商震道：「因為剛才我一直倒在地上，連桌子下面的事我都能看到。」

老太婆道：「你看到了什麼？」

商震道：「剛才他們嘴裡在罵你是個瘋子時，桌子下面的一雙手卻在偷偷的扯衣角，打手勢，有些人的手甚至還在發抖。」

老太婆道：「說下去。」

商震道：「那當然因為他們早已猜出你們是誰了，但是他們絕不能讓你知道這一點。」

老太婆道：「因為這裡只要有一個人猜出我們的來歷，就沒有一個人能活著走出去。」

商震道：「所以他們一定要在你面前做出那齣戲來，讓你認為他們根本就不知道你是誰，否則又怎敢對你那麼無禮？」

老太婆冷笑，道：「這裡果然沒有一個笨蛋。」

商震道：「想不到我居然真的在這裡，而且不幸又是他們的朋友。」

老太婆道：「他們既然已知道我們的來歷，當然不會再認你是朋友了。」

商震道：「所以他們一定要對我冷嘲熱諷，表示他們都很看不起我這個人，如果有人要殺我，他們絕不會多管閒事的。」

老太婆道：「只可惜我偏偏沒有急著出手要你的命。」

商震道：「我既然還沒有死，還可以說話，就隨時有可能說出你們的來歷。」

老太婆道：「只要你一說出來，他們也得陪你送命。」

商震道：「他們既然不把我當朋友，我當然也不會讓他們有好受的。」

老太婆道：「他們一定早就想到了這一點，他們都不是笨蛋。」

商震道：「但是他們卻想不到居然會有人出手救我。」

老太婆冷冷道：「他們只怕也想不到我居然能救得了你。」

能在一瞬間一刀削落二十七件暗器的人，世上的確沒有幾個。

商震道：「林祥熊剛才掩住孫伏虎的嘴，並不是因爲他已看出了我在這裡。」

老太婆道：「可是他已猜出了我們家的老頭子是誰？」

商震道：「他當然也知道鐵長老一生中從不說沒有把握的話，從不做沒有把握的事。」

老太婆道：「我們家老頭子的脾氣，不知道的人只怕還很少。」

商震道：「所以他們更不能讓我說出這個老頭子就是『魔教』中的四大長老之一，四十年前的天下第一快刀。」

他畢竟還是說了出來。他的話還沒有說完，寒竹已經縱身躍起，箭一般竄了出去。

輕功的唯一要訣，就是「輕」一定要輕，才能快。

寒竹瘦如竹，而且很矮小。

寒竹絕對比大多數人都「輕」得多。

寒竹絕對可以算是當今江湖中輕功最好的十個人其中之一。

他竄出去時，沒有人阻攔，也沒有人能攔阻，只有刀光一閃。

刀光一閃，他還是竄了出去，瞬眼間就已掠過那一片冰池。

圓月在天。

天上有月，池上也有月。天上與池上的月光交相輝映，大家都可以清清楚楚的看見他這麼樣一個瘦瘦小小的人影，輕輕快快的掠過冰池。

大家也可以清清楚楚的看見，他這個人忽然從中間分成了兩半。

沒有人再動了。寒竹是第一個竄出去的，他竄出去的時候，別人也都在提氣，作勢，準備往外竄。可是現在這些人剛提起來的一口真氣，忽然間都已化爲冷汗。

刀光一閃又不見。可是這次大家都已看見，刀光是從那一聲不響的老頭子袖中飛出來的。

他的袖子很寬，很大，很長。從他袖子裡飛出來的那道銀白色的刀光，此刻彷彿是留在那老太婆眼裡。

老太婆忽然道：「你錯了。」

商震道：「他的確錯了，他應該知道沒有人能從燕子刀下逃得了的。」

老太婆道：「你也錯了。」

商震道：「哦？」

老太婆道：「你也應該聽說過一句話。」

商震道：「哪句話？」

老太婆道：「燕子雙飛，雌雄鐵燕，一刀中分，左右再見。」

她淡淡的接著道：「這句話的意思就是說，我們一刀從中間劈下去，你左邊的一半和右邊的一半就要再見了。」

商震道：「這句話說得並不好，但是我倒聽說過。」

老太婆道：「你既然聽說過，你就該知道，『魔教』的四大長老中，只有『鐵燕』是兩個人。」

她又道：「我們老頭子的刀雖然快，還是一定要我出手，才能顯出威力。」

商震道：「我也聽說過。」

老太婆道：「可是就算我們兩個人一起出手，『燕子雙飛』還是不能算天下第一快刀。」

商震道：「還不能算？」

老太婆道：「絕對不能。」

商震嘆了口氣，道：「可是你們的刀實在已經夠快了！」

老太婆道：「你認爲我們的刀已經夠快，只因爲你根本沒有見過真正的天下第一快刀。」

她臉上忽然露出種很奇怪的表情：「那是把彎彎的刀，是……」

一直不大開口的老頭子忽然打斷了她的話，冷冷道：「你也老了。」

很少有女人肯承認自己已經老了，可是她這次居然立刻就承認：「我老了，我真的老了，否則我怎麼會變得這麼多嘴。」

她臉上的表情看來還是很奇怪，也不知是尊敬，還是怨毒？是羨慕，還是憤怒？

這幾種感情本來是絕不可能同時在同一個人臉上看到的。可是她對那把彎彎的刀，卻同時有了這幾種不同的感情。那把彎彎的刀，是不是青青那把彎彎的刀？這問題已經沒有人能回答，因爲這老太婆已經改變了話題。

她忽然問商震：「我能不能一刀殺了你？」

「能。」商震絕不是個自甘示弱的人，但是這次他立刻就承認。

老太婆嘆了口氣，道：「你並不是個很可愛的人，你時常會裝模作樣，不但自以爲了不起，還要讓別人覺得你了不起。」

商震居然也承認。

老太婆道：「你的五行劍法根本沒有用，你這個人活在世上，對別人也沒有什麼好處。」

商震居然也不辯白。

老太婆道：「可是你有一點好處，你至少比那些自命不凡的僞君子好一點，因爲你說的是真話。」

這一點商震自然更不會反對。

老太婆道：「所以我並不想殺你，只要你交出那個小丫頭來，我就放你走。」

商震沉默了很久，忽然道：「我能不能先跟他們說句話？」

老太婆道：「他們是誰？」

商震道：「他們就是我以前總認爲是我朋友的那些人。」

老太婆道：「現在你已經知道他們是些什麼樣的朋友，你還要跟他們說話？」

商震道：「只說一句話。」

老太婆還沒有開口，老頭子這次居然搶先道：「讓他說。」

很少說話的人，說出來的話通常都比較有份量。

老太婆道：「我們家老頭子既然讓你說，還有誰能讓你不要說。」

她嘆了口氣：「就算你自己現在不想說，恐怕都不行了。」

於是商震就在孫伏虎、林祥熊、梅花、鍾展、南宮華樹這五個人耳邊悄悄的說了一句話。

他放過了孟開山和柳若松。

誰也不知道他說的是什麼，可是聽到他這句話的人，臉色又變了，變得比剛才更可怕。

十 鐵燕夫人

老太婆瞇起了眼，看著他們，也猜不出啇震在他們耳邊說的是什麼。

「鐵燕夫人」直到三十歲時，還是江湖中很有名的美人，尤其是一雙勾魂攝魄的眼睛。

如果是在四十年前，她這麼樣看著一個男人，不管要那男人說什麼，他都會乖乖的說出來，只可惜現在她已經老了。

大家都閉上了嘴，好像都已下定決心，絕不把啇震剛才告訴他們的那句話說出來。

啇震忽然道：「燕子雙飛，雖然殺人如草，說出來的話卻一向算數。」

鐵燕夫人道：「當然算數。」

啇震道：「剛才你好像說過，只要我把那位謝姑娘交出來，你就放我走。」

鐵燕夫人道：「不錯，我說過。」

啇震道：「那麼現在我好像已經可以走了。」

他拍了拍手，又用這雙手把衣服上的塵土拍得乾乾淨淨，好像已經跟這件事全無關係：

「因爲現在我已經把她交了出來。」

鐵燕夫人道：「交給了誰？」

商震道：「交給了他們。」

他指著林祥熊、孫伏虎、鍾展、梅花和南宮華樹道：「我的確把她帶來了這裡，藏在一個極秘密的地方，剛才我已經將那地方告訴了他們，現在他們之中隨便哪一個都能找得到她。」

孫伏虎忽然怒吼，道：「我們怎麼知道你說的是真話？」

商震道：「只要你們之中有一個人到那裡去找找看，就知道我說的是真是假了。」

孫伏虎臉色發青，豆大的冷汗一粒粒從臉上冒了出來。

商震卻笑了，笑得非常愉快，誰也不知道他爲什麼會忽然變得這麼愉快。

鐵燕夫人道：「他們一定會搶著去找的。」

商震道：「哦！」

鐵燕夫人道：「現在他們既然已經知道了我是誰，就等於已經是五個死人。」

商震道：「哦！」

鐵燕夫人道：「可是他們都不想死。」

商震道：「這些年來，他們日子過得都不錯，當然都不想死。」

鐵燕夫人道：「誰不想死，誰就會去找。」

商震道：「爲什麼？」
鐵燕夫人道：「因爲誰能把那小丫頭找出來，我就放了他。」
商震道：「我相信你說的話一定算數。」
鐵燕夫人道：「那麼你說他們會不會搶著去？」
商震道：「不會。」
鐵燕夫人冷笑，道：「難道你認爲他們都是不怕死的人？」
商震道：「就因爲他們怕死，所以才絕不會去。」
鐵燕夫人道：「爲什麼？」
商震道：「因爲他們不去，也許還可以多活幾年，要是去了，就死定了，這一點他們自己心裡一定全都知道。」
他居然去問他們：「對不對？」
他們居然沒有一個人反對。
鐵燕夫人有點生氣，也有點奇怪：「難道他們以爲我不敢殺他們？」
商震道：「你當然敢，如果他們不去，你一定會出手的，這一點他們也知道。」
他淡淡的接著道：「可惜那位謝姑娘還有位尊長，如果他們去把她找出來交給了你，那個人也絕不會放過他們的。」

鐵燕夫人道：「他們寧可得罪我，也不敢得罪那個人？」

商震道：「他們都是當今江湖中一等一的高手，聯手對付你，也許還有一點希望，要對付那個人，簡直連一點機會都沒有。」

鐵燕夫人道：「那個人是誰？」

商震道：「謝曉峰，翠雲山，綠水湖，神劍山莊的謝曉峰。」

他嘆了口氣，接著道：「你要找的那位謝姑娘，就是謝曉峰的女兒。」

鐵燕夫人的臉色變了，眼睛裡立刻充滿驚訝，憤怒和怨毒。

商震淡淡道：「燕子雙飛的魔刀雖然可怕，謝家三少爺的神劍好像也不差。」

鐵燕夫人厲聲道：「你說的是真話？謝曉峰怎麼會有女兒？」

商震道：「連你們都有兒子，謝曉峰爲什麼不能有女兒？」

鐵燕夫人神情變得更可怕，一字字道：「現在我們已經沒有兒子了，謝曉峰也不能有女兒了。」

她的聲音淒厲，瞇起的眼睛裡忽然露出刀鋒般的光，盯在孫伏虎臉上：「那個姓謝的丫頭藏在哪裡？你說不說？」

孫伏虎的臉色慘白，咬緊了牙關不開口。

商震道：「他絕不會說的，少林門下在江湖中一向受人尊敬，他若將謝曉峰的女兒出賣給魔教，非但謝曉峰不會放過他，連他的同門兄弟都絕不會放過他的。」

他微笑，又道：「既然同樣都是要死，為什麼不死得漂亮些？」

孫伏虎嘶聲道：「我們無冤無仇，你為什麼要害我？」

商震淡淡道：「因為我不要臉，連死人屁股上的皮都可以戴在臉上，我還有什麼事做不出。」

孫伏虎嘆了口氣，道：「江湖朋友若知道五行堡主居然是個這樣的人，心裡不知會有什麼感覺？」

商震道：「我知道，那種感覺一定就跟我對你們的感覺一樣。」

鍾展忽然道：「他不說，我說。」

鐵燕夫人冷笑道：「我就知道遲早總有人會說出來的。」

鍾展道：「只不過我也想先跟商堡主說句話。」

他慢慢的走到商震身旁。

商震並不是完全沒有提防他，只不過從未想到這麼樣一位成名劍客居然會咬人而已。

他一直在盯著鍾展的手，鍾展兩隻手都在背後，附在商震耳邊，悄悄道：「有件事你一定想不到的，就正如我也想不到你居然會借刀殺人一樣，所以你才會聽我說這句話。」

他忽然一口把啇震的耳朵咬了下來。

啇震負痛，竄起，孫伏虎吐氣開聲，一拳打上了他的胸膛。

沒有人能挨得起這一拳，他身子從半空中落下來時，骨頭至少已斷了二十七八根。

鍾展將他那隻血淋淋的耳朵吐在他身上：「我知道你一定也想不到我是個這麼樣的人。」

鐵燕夫人忽然嘆了口氣，道：「非但他想不到，連我都想不到。」

她臉上的表情很奇怪，「當今江湖中的英雄豪傑如果都是你們這樣的人，那就好極了。」

鐵燕長老忽然道：「殺一儆百，先殺一個。」

鐵燕夫人道：「我也知道一定要先殺一個，他們才肯說。」

遇到重大的決定，她總是要問她的丈夫：「先殺誰？」

鐵燕長老慢慢的從衣袖中伸出一根乾癟枯瘦的手指。

每個人都知道，他這根手指無論指著什麼人，那個人就死定了。

除了南宮華樹外，每個人都在向後退，退得最快的是梅花。

他剛想躲到南宮華樹身後去，這根乾癟的手指已指向他。

鐵燕夫人道：「好，就是他。」

說完了這四個字，她手裡就忽然出現了一柄刀。

一把四尺九寸長的長刀，薄如蟬翼，寒如秋水，看來彷彿是透明的。

這就是燕子雙飛的魔刀。

昔年魔教縱橫江湖，傲視武林，將天下英雄都當做了豬狗魚肉，就因爲他們教主壇下有一劍，一鞭，一拳，雙刀。

平時誰也看不見她的刀，因爲這柄刀是緬鐵之英，百煉而成的，可剛可柔，不用時可以捲成一團，藏在衣袖裡。

只要這把刀出現，就必定會帶來血光和災禍。

鐵燕夫人輕撫著刀鋒，悠悠的說道：「我已有多年未曾用過這把刀了，我不像我們家的老頭子，我的心一向很軟。」

她又瞇起了眼，看著梅花，道：「所以你的運氣實在不錯。」

梅花一向是個很注意保養自己的人，臉色一向很好。

可是現在他臉上已看不見一點血色，他實在不明白自己的運氣有什麼好？

鐵燕夫人道：「我還記得，我最後殺的一個人是彭天壽。」

彭天壽是「五虎斷門刀」的第一高手。

五虎斷門刀是彭家秘傳的刀法，剛烈、威猛、霸道，「一刀斷門，一刀斷魂」，稱霸江湖八十年，很少有過敵手。

彭天壽以掌中一柄刀橫掃兩河群豪，四十年前忽然失蹤，誰也不知道他已死在燕子刀下。

彭天壽是孟開山的好朋友。

聽到這個名字，孟開山的臉色也變了，是不是因爲他又想起了四十年前，保定城外，長橋上那件他永遠都忘不了的事。

鐵燕夫人道：「我用殺過彭天壽的這把刀來殺你，讓你們的魂魄並附在這把刀上，你的運氣是不是很好？」

梅花已經是個老人，最近已經感覺到有很多地方不對了，只要一勞動，心就會跳得很快，而且時常都會刺痛。

他自己也知道自己活不了太久。

他應該不怕死的。

可是他忽然大聲道：「我說，你要我說什麼，我就說什麼！」

老人的性命已不長，一個人應該享受到的事，他大多都已享受過。

現在他還能夠享受的事已不多。

奇怪的是，越老的人越怕死。

鐵燕夫人道：「你真的肯說？你不怕謝曉峰對付你？」

梅花當然怕，怕得要命。

但是現在謝曉峰還遠在千里外，這把刀卻已在他面前。

對一個怕死的人來說，能多活片刻也是好的。

梅花道：「剛才商震告訴我，他已把那位謝姑娘藏在……」

他沒有說完這句話。

忽然間，刀光一閃，他的咽喉忽然就已被割斷。

越怕死的人，往往死得越快，這也是件很奇怪的事。

非常奇怪。

鐵燕夫人手裡有刀。

割斷梅花咽喉的這一刀，卻不是她的刀。

她看見了這一刀，但是她居然來不及阻攔，梅花也看見了這一刀，他當然更沒法閃避。

這一刀來得實在太快。

刀在丁鵬手裡。

大家看見他手裡這把刀的刀光時，還沒有看見他這個人。

大家看見他這個人時，梅花的咽喉已經被他的刀割斷。

刀尖還在滴血。這把刀本來就不是那種吹毛斷髮，殺人不帶血的神兵利器。

這把刀只不過是把很普通的刀，只不過刀鋒是彎彎的。

鐵燕夫人笑了。

現在她雖然已經是個老太婆，可是一笑起來，那雙瞇起來的眼睛還是很迷人，彷彿又有了四十年前的風韻。

現在還活著的人，已經沒有幾個看到過她這種迷人的風韻。

看見過她這種風韻的人，大多數四十年前就已經死在她的刀下。

那些人究竟是死在她刀下的？還是死在她笑容下的？

恐怕連他們自己都分不太清楚。

只有一點絕無疑問。

那時她的刀確實快，笑得的確迷人。

那時看見她笑容的人，通常都會忘記她有把殺人的快刀。

現在她的刀還是很快，很可能比四十年前更快，但是她的笑容已遠不如四十年前那麼迷人了。

她自己也知道這一點。

只不過久已養成的習慣，總是很難改變的。

她準備要殺人時，還是會笑，她已準備在笑得最迷人時出手。

現在已經是她笑得最迷人的時候。

她還沒有出手。

因爲她忽然覺得她準備要殺的這個年輕人很奇怪。

這個年輕人用的也是刀，就在一瞬前，他還用刀殺過人。

奇怪的是，如果不是因爲他手裡還有把滴血的刀，無論誰都絕對看不出他在一瞬前殺過人，更看不出他的刀有那麼快。

他看來就像是個剛從鄉下來的大孩子，一個很有家教，很有教養，性情很溫和的大孩子，彷彿還帶著種鄉下人的泥土氣。

而且他也在笑，笑得也很迷人，很討人歡喜，甚至連她都有點懷疑，剛才一刀割斷梅花咽喉的，是不是這個年輕人？

出現的是丁鵬。

丁鵬笑容溫和，彬彬有禮，讓人也很容易忘記他手裡有把殺人的快刀。

他微笑著道：「我姓丁，叫丁鵬，我就是這裡的主人。」

鐵燕夫人也帶著笑，輕輕嘆了口氣，道：「想不到你總算還是來了。」

丁鵬道：「其實我早就應該來的。」

鐵燕夫人道：「哦！」

丁鵬道：「賢伉儷剛到這裡來的時候，我就已知道。」

他笑得更溫和有禮：「那時候我就已應該來恭候兩位的大駕。」

鐵燕夫人道：「那時候你爲什麼沒有來？」

丁鵬道：「因爲那時候有些事我還不太明白。」

鐵燕夫人道：「哪些事？」

丁鵬道：「兩位的身分來歷，兩位的大駕爲什麼會忽然光臨？到這裡來找的是誰？那時候我還不太明白。」

鐵燕夫人道：「現在你已經全都明白了？」

丁鵬笑了笑，道：「昔年江湖中威名最盛，勢力最大的幫派，既不是少林，也不是丐幫，而是崛起在東方的一個神秘教派，他們的勢力在短短的十年之中，就已橫掃江湖，君臨天下。」

鐵燕夫人道：「還不到十年，最多也只不過七八年。」

丁鵬道：「就在那短短的七八年間，死在他們手下的江湖豪傑至少已有七八百個！」

鐵燕夫人道：「可是真正配稱爲豪傑的人，也許連七八個都不到。」

丁鵬道：「那時候江湖中的人對他們既恨又怕，所以就稱他們爲魔教。」

鐵燕夫人道：「這名字其實並不壞。」

丁鵬道：「江湖中故老相傳，都說這位魔教的教主是個很了不起的人，不但有大智慧，大神通，武功也已超凡入聖。」

鐵燕夫人道：「我敢保證，近五百年來，江湖中絕沒有任何人的武功能勝過他。」

丁鵬道：「可是他自己卻一向很少露面，所以江湖中非但很少有人見到過他的真面目，看見他出手的更沒有幾個。」

鐵燕夫人道：「很可能連一個都沒有！」

丁鵬道：「除了他之外，魔教中還有四位護法長老，魔教能稱霸江湖，可以說都是這四位護法長老打出來的天下。」

鐵燕夫人道：「那倒一點都不假！」

丁鵬道：「賢伉儷就是這四大護法之一，燕子雙飛，一向形影不離，兩個人就等於是一個人。」

他嘆了口氣接道：「現在的年輕夫婦，像兩位這麼恩愛的已不多了！」

鐵燕夫人道：「的確不多。」

丁鵬道：「我剛才說出來的這些事，我想別人一定也已經全都知道。」

鐵燕夫人道：「你是不是還知道一些別人不知道的事？」

丁鵬道：「還知道一點。」

鐵燕夫人道：「你說！」

丁鵬道：「賢伉儷是在六十年前結爲連理的，夫人的娘家本來就姓燕，閨名叫做『靈雲』，本來是教主夫人的女伴。」

鐵燕夫人一直在笑。

丁鵬知道的那些事，並沒有讓她覺得驚奇。

現在她卻已開始驚奇了，她想不通這年輕人怎麼會連她的閨名都知道。

丁鵬道：「兩位早年縱橫江湖，直到魔教退出江湖後，才生了一位公子，想不到卻在三天之前，死在一位謝姑娘的手裡。」

鐵燕夫人臉色已變了，冷冷道：「說下去！」

丁鵬道：「當時謝姑娘並不知道他的來歷，商堡主和田一飛也不知道，所以才會出手傷了他。」

鐵燕夫人冷笑道：「對一個不知道來歷的人，就可以隨便出手？」

丁鵬道：「那只因爲令公子也不知道謝姑娘的來歷，謝姑娘又不巧是位江湖少見的絕色美人。」

他說得很含蓄，剛好讓每個人都能聽懂他的意思。

現在大家才知道，爲什麼鐵燕夫妻一定要將謝曉峰的女兒置之於死地。

因爲她殺死了他們的獨生子。

她的名字叫小玉。

每個認得她的人，都說她是個又溫柔，又文靜，又聽話的乖女孩。

只不過這次她卻做了件不太乖的事。

這次她是偷偷溜出來的，至少她自己認爲是偷偷溜出來的。

今年她才十七歲。

十七歲正是最喜歡做夢的年紀，每個十七歲的女孩子都難免會有很多美麗的幻想，不管她乖不乖都一樣。

「圓月山莊」這名字本身就能帶給人很多美麗的幻想。

所以她看到丁鵬派專人送去的請帖時，她的心就動了。

——美麗的圓月山莊，來自四方的英雄豪傑，少年英俠。

對一個十七歲的女孩子來說，這誘惑實在太大。

可是她知道她的父親絕不會讓她來的，所以她就偷偷的溜了出來。

她以爲她能瞞過她的父親，卻不知道這世上一向很少有人能瞞得過謝曉峰。

他並沒有阻止她。

他自己年輕的時候曾經做出過很多被別人認爲是「反叛」的事。

他知道太多的約束和壓力，反而會造成子女的「反叛」。

可是一個十七歲的女兒要單獨在江湖中行走，做父親總難免還是有點不放心。

幸好住在他們附近的五行堡主正好也要赴丁鵬的約，他正好託商震照顧她。

有這麼樣一位江湖中的大行家在路上照顧她，當然是絕不會出事的了。

何況還有田一飛。

田一飛當然絕不會錯過任何一個能接近她的機會，更不會讓她吃一點虧的。

所以謝曉峰已經覺得很放心。

他想不到魔教中居然還有人在江湖走動，更想不到鐵燕夫妻會有個好色的兒子，居然會偷看女孩子洗澡。

那天是十二月十三，天氣很冷。

她要客棧的伙計燒了一大鍋熱水，在房裡生了一大盆火。

她從小就有每天都要洗澡的習慣。

她把門窗都閂了起來，舒舒服服的在熱水裡泡了將近半個時辰。

正在她準備穿衣服的時候，她忽然發現有人在外面偷看。

她看到門底下的小縫裡有一雙發亮的眼睛。

她叫了起來。

等她穿好衣服衝出去的時候，田一飛和商震已經把偷看的那個人困住了。

這人是個斜眼瘸腿，又醜又怪的殘廢。

這種人面對著女孩子的時候很可能連看她一眼的勇氣都沒有，但是有機會偷看時，卻不會錯過。

奇怪的是，這麼樣一個人，武功居然還不弱，商震和田一飛兩個人聯手，居然還沒有把他制住。

於是她就給了他一劍。

她手裡剛好有把劍，她剛好是天下無雙的劍客謝曉峰的女兒。

當時就連商震都沒有想到，這淫猥的殘廢竟是魔教長老的獨生子。

一個玉潔冰清，守身如玉的女孩子，怎麼受得了這種侮辱。

無論對誰來說，她殺人的理由都已足夠充分。

丁鵬道：「我本來早就應該來的，可是我一定要先將這些事全都調查清楚！」

因爲他是這裡的主人。

他處理這件事，一定要非常公正。

丁鵬又道：「要問清這件事，我當然一定要先找到謝姑娘。」

鐵燕夫人道：「你已經找到了她？」

丁鵬道：「我也不知道商堡主將她藏到哪裡去了，這裡可以藏身的地方又不少，所以我才會找了這麼久。」

他接著道：「幸好商堡主來得也很匆忙，對這裡的環境又不熟，能找到的藏身處絕不會太多，所以我總算還是找到了她。」

要在這麼大的莊院中找一個人，無論在任何情況下都不容易。

可是他卻說得輕描淡寫，好像連一點困難都沒有。

鐵燕夫人看著他，忽然發現這個鄉下大孩子並不是個容易對付的人。

他實在遠比他外表看來厲害得多。

丁鵬道：「我知道商堡主是絕不會把她交出來的，他受了謝先生之託，寧死也不會做這種事。」

鐵燕夫人冷冷道：「你當然也跟他一樣，寧死也不肯說出她在哪裡。」

丁鵬道：「我用不著說。」

他笑了笑，淡淡的接著道：「我已經把她帶到這裡來了。」

這句話說出來，每個人都吃了一驚，就連鐵燕夫人都覺得很意外。

他一刀割斷梅花的咽喉，爲的當然是不讓梅花說出謝小玉的下落。

可是他自己卻將她帶來了。

水閣有門。

他推開門，就有個看來楚楚動人的女孩子，低著頭從門外走了進來。

她臉上還有淚痕，眼淚使得她看來更柔弱，更美麗。

只要看過她一眼的人，一定就能看得出她是個多麼乖的女孩子。

像這麼樣一個女孩子如果會殺人，那個人一定非常該死。

丁鵬忽然問：「你就是謝小玉姑娘？」

「我就是。」

「前天你是不是殺了一個人？」

「是的。」

她忽然抬起頭，直視著鐵燕夫妻：「我知道你們是他的父母，我知道現在你們一定很傷心，可是如果他沒有死，如果我還有機會，我還是會殺了他。」

誰也想不到這麼樣一個柔弱的女孩子，會說出這麼剛強的話來。

她身子裡流著的畢竟是謝家的血，這一家人無論在任何情況下，都絕不會低頭的。

自從她和丁鵬出現了之後，鐵燕夫人反而鎮定了下來。

一個身經百戰的武林高手，正如統率大軍，決戰於千里外的名將，到了真正面對大敵時，反而會變得特別鎮靜。

她一直在靜靜的聽著，等他們說完了，才冷冷地道：「你一定要殺他，是不是因爲他做錯了事，他該死？」

小玉道：「是。」

鐵燕夫人道：「殺錯人的人，是不是也該死？」

小玉道：「是。」

鐵燕夫人道：「你若殺錯了人呢？」

小玉道：「我也該死。」

鐵燕夫人忽然笑了，笑得說不出的悽厲可怖，忽然大吼！「你既然該死，爲什麼還不死？」

悽厲的笑聲中，刀光已閃起，一刀往小玉頭頂上劈了下去。

大家都看過她這一刀。

一刀劈下，這個溫柔美麗的女孩子就要活生生被劈成兩半。

誰都不忍再看。

有的人已扭轉頭，有的人閉上了眼睛。

想不到這一刀劈下後，竟好像完全沒有一點反應，也沒有聽到一點聲音。

大家又忍不住回頭去看。

謝小玉居然還是好好的站在那裡，連頭髮都沒有被削斷一根。

鐵燕夫人那柄薄如蟬翼，吹毛斷髮的燕子刀卻已被架住，被丁鵬架住。

兩把刀相擊時，竟沒有發出一點聲音，兩把刀竟好像忽然被黏在一起。

鐵燕夫人手背上青筋一根根凸起，額角上的青筋也一根根凸起。

丁鵬看來卻還是很從容，淡淡的說道：「這是我的家，他們都是我的客人，只要我還在這裡，誰也不能在這裡殺人。」

鐵燕夫人厲聲道：「該死的人也不能殺？」

丁鵬道：「誰該死？」

鐵燕夫人道：「她該死，她殺錯了人，我兒子是絕不會偷看她洗澡的，就算她跪下來求我兒子去看，我兒子也不會看。」

她又發出了那種悽厲而可怖的笑聲，一字字道：「因爲他根本看不見！」

這種笑聲實在教人受不了，連丁鵬都聽得毛骨悚然，忍不住問：「他怎麼會看不見？」

鐵燕夫人道：「他是個瞎子！」

她還在笑。

笑聲中充滿了悲傷、憤怒、冤屈、怨毒，她笑得就像是一條垂死的野獸在嘶喊。

「一個瞎子怎麼會偷看別人洗澡？」

小玉彷彿連站都站不住了，整個人都幾乎倒在丁鵬身上。

丁鵬道：「他真的是個瞎子？」

小玉道：「我不知道，我真的不知道。」

鐵燕夫人道：「就算她真的不知道，可是一定有別人知道。」

她的聲音更悽厲：「所以他們不但殺了他，而且把他的臉都毀了。」

小玉蒼白的臉上已全無血色，顫聲道：「我不知道，我真的不知道。」

一直石像般站在那裡的鐵燕長老，忽然一把將商震提了起來。

他好像還是站在那裡沒有動。商震倒下去的地方明明距離他很遠。

可是他一伸手，商震就被他像口破麻袋一樣提了起來。

商震看來明明已經死了，現在忽然發出了痛哭般的呻吟。

他根本沒有死。

他故意挨那一拳，只因爲他要乘機裝死，因爲他知道他能挨得起孫伏虎的一拳，卻絕對沒法子挨過燕子雙飛的一刀。

鐵燕長老道：「我看得出你不想死，只要能活下去，什麼事你都肯做。」

商震不能否認。

爲了要活下去，他已經做出了很多別人想不到他會做的事。

鐵燕長老道：「你應該知道，魔教的『天魔聖血膏』是天下無雙的救傷靈藥。」

商震知道。

鐵燕長老道：「你也應該知道，『天魔搜魂大法』是什麼滋味？」

商震知道。

鐵燕長老道：「所以我可以教你好好的活下去，也可以教你求生不得，求死不能。」

商震已經明白他的意思，忽然嘶聲道：「我說實話，我一定說實話！」

鐵燕長老道：「那天在門縫下面偷看謝小玉洗澡的是誰？」

商震道：「是田一飛！」

商震流著淚，說出了這故事另外的一面。

「那天天氣很冷，我想要伙計送壺酒到房裡來，剛走出門，就看見田一飛伏在謝姑娘的門下面，那時候謝姑娘正好也發現了外面有人在偷看，已經在裡面叫了起來。」

「我本來想把田一飛抓住的，可是他已經跪下來苦苦求我，叫我不要毀了他一生。」

「他還說，他一直在偷偷的愛慕著謝姑娘，所以才會一時衝動，做出這種見不得人的事。」

「我跟他的姑母本來就是多年的好朋友，我也相信他不是有意做這種事的。」

「所以我的心已經軟了，想不到我們說的話，竟被另外一個人聽見。」

「那人是個殘廢，也不知是從哪裡來的，田一飛一看見他，就跳起來要殺他滅口。」

「想不到他的武功居然極高，田一飛竟不是他的對手。」

「我不能眼看著田一飛被人殺死，只好過去幫他。」

「但是我可以發誓，我絕沒有要殺人的意思，絕沒有下過毒手。」

「那時候謝姑娘已經穿好衣服衝出來了，田一飛生怕他在謝姑娘面前將秘密揭穿，故意大聲呼喊，所以他才沒有聽見謝姑娘忽然刺過去的那一劍。」

「那時候我還不知道他是個瞎子，更不知道他是鐵燕公子。」

「我發誓，我真的不知道。」

這是個令人作嘔的故事，說完了這故事，連商震自己都在嘔吐。

爲了要教他繼續說下去，鐵燕長老已經教他吞下了一杓天下無雙的續命救傷靈藥「天魔聖血膏」。

可是現在他又吐了出來。

沒有人再看他一眼。

名震天下，富貴如王侯的五行堡主，此刻在別人眼中看來，已不値一文。

商震忽然又在嘶喊：「如果你們在我那種情況下，是不是也會像我那麼做？」

沒有人理他，可是每個人都已經在心裡偷偷的問過自己。

——我會不會爲了飛娘子的侄兒犧牲一個來歷不明的殘廢？會不會爲了保住自己的性命又將這秘密說出來？

誰也沒有把握能保證自己在他那種情況下不會那麼做。

所以沒有人理他，沒有人再去看他一眼，因為每個人都生怕從他身上看到自己。

啇震的嘶喊已停頓。

不想死的人，也會死的，越不想死的人，有時候反而死得越快。

窗外冷風如刀，每個人手腳都是冰冷的，心也在發冷。

鐵燕長老臉上卻還是連一點表情都沒有，冷冷的看著丁鵬，冷冷道：「我是魔教中的人，我的兒子當然也是。」

丁鵬道：「我知道。」

鐵燕長老道：「江湖中的英雄好漢們都認為只要是魔教中的人就該死。」

丁鵬道：「我知道。」

鐵燕長老道：「我的兒子是不是也該死？」

丁鵬道：「不該！」

他不能不這麼說，他自己也被人冤枉過，他深深瞭解這種痛苦。

鐵燕長老道：「你是這裡的主人，你也是我近五十年來，所見過的最年輕的高手，我只問你，在這件事中，該死的人是誰？」

丁鵬道：「該死的人都已經死了。」

鐵燕長老道：「還沒有。」

他的聲音冰冷：「該死的人還有一個沒有死。」

謝小玉忽然大聲道：「我知道這個人是誰。」

她蒼白的臉上又有了淚痕，看來是那麼悽楚柔弱，彷彿連站都站不穩。

但是她絕不退縮。

她慢慢的接著道：「現在我已經知道我殺錯了人，殺錯了人的都該死。」

鐵燕長老道：「你準備怎麼樣？」

謝小玉沒有再說話，連一個字都沒有再說。

她忽然從衣袖中抽出了一柄精光奪目的短劍，一劍刺向自己的心臟。

請續看《圓月彎刀》中冊

圓月彎刀（上）

作者：古龍
發行人：陳曉林
出版所：風雲時代出版股份有限公司
地址：10576台北市民生東路五段178號7樓之3
電話：(02) 2756-0949　　傳真：(02) 2765-3799
封面原圖：明人出警圖（原圖為國立故宮博物館典藏）
封面影像處理：風雲編輯小組
執行主編：劉宇青
業務總監：張瑋鳳
出版日期：古龍珍藏限量紀念版2025年5月
ISBN：978-626-7510-36-0

風雲書網：http://www.eastbooks.com.tw
官方部落格：http://eastbooks.pixnet.net/blog
Facebook：http://www.facebook.com/h7560949
E-mail：h7560949@ms15.hinet.net
劃撥帳號：12043291
戶名：風雲時代出版股份有限公司

風雲發行所：33373桃園市龜山區公西村2鄰復興街304巷96號
電話：(03) 318-1378　　傳真：(03) 318-1378
法律顧問：永然法律事務所 李永然律師
北辰著作權事務所 蕭雄淋律師

行政院新聞局局版台業字第3595號 營利事業統一編號22759935

定價：340元　　版權所有　翻印必究

國家圖書館出版品預行編目資料

圓月彎刀／古龍 著.　-- 三版.--
臺北市：風雲時代出版股份有限公司, 2025.05
冊；公分.（另類俠情系列）古龍珍藏限量紀念版
ISBN 978-626-7510-36-0（上冊：平裝）
ISBN 978-626-7510-37-7（中冊：平裝）
ISBN 978-626-7510-38-4（下冊：平裝）
857.9　　113016827